EXCURSIONS

PARISIENNES,

PAR UN

PARISIEN DE MULHOUSE

—

NOTES DE VACANCES.

MULHOUSE,

Imprimerie de P. Baret et fils, place du Nouveau-Quartier, 2.

—

1862.

EXCURSIONS PARISIENNES,

PAR UN

PARISIEN DE MULHOUSE.

NOTES DE VACANCES.

A

E. ABOUT ET F. SARCEY,

parfaits amis,

écrivains excellents.

Leur dévoué,
E. B.

Vivent les vacances !..

(CHANSON CONNUE.)

Sunt lacrymæ rerum. ...

(VERS TRÈS-CONNU.)

EXCURSIONS PARISIENNES.

PREMIÈRE EXCURSION.

La rue Dauphine. — Mad. P. Viardot-Garcia. — L'École classique du chant *.

Jé serais très-embarrassé de dire à quel titre je vais parler
musique : les aveugles, ordinairement, ne parlent pas des couleurs. Je commencerai donc par implorer l'indulgence du lecteur, en l'avertissant du même coup que je ne veux traiter ici
aucune question théorique, mais leur conter une anecdote et
leur apprendre qu'il se publie, en ce moment, à Paris, rue Dauphine, une admirable collection des maîtres de l'art.

Paris, qui est une ville très-bruyante, sait à propos se taire
pour entendre la bonne musique ; Paris chante volontiers la
Ronde des Fraises ou de l'*Amiral Cornarini* ; mais Paris, plus
volontiers encore, écoute dans un religieux silence Mad. Pauline
Viardot chanter l'air de *Méduse* ou d'*Orphée*. En deux mots, il
y a bien des goûts à Paris ; et, par malheur, tous ces goûts peuvent être satisfaits, et le sont ; mais il y a aussi un goût suprême ;
et quiconque a eu le rare bonheur d'assister aux exercices du
Conservatoire, aux soirées de Rossini ou à quelque réunion intime de nos grands artistes, dira qu'on aime à Paris la musique,
qu'on l'apprécie et qu'on l'exécute comme en aucun lieu du
monde. Je ne me plaindrai donc pas de certain charivari grotesque dont j'ai été parfois étourdi ; le dévergondage musical a
son bon côté, comme les maladies graves qui rendent la santé
plus précieuse et plus chère. Les cafés-concerts font rêver opéra ;
et M. Offenbach, qui est d'ailleurs un musicien très-spirituel, a
surtout le talent d'évoquer les souvenirs et les regrets de Gluck,
de Mozart, de Beethoven et de Rossini. Tout, en ce bas monde,

* Editée par Gérard et Cᵉ, ancienne maison Meissonnier, rue Dauphine.

est contraste et antithèse; et je ne compte sur la valeur de cet article musical que parce que je ne suis pas musicien.

Or, un soir que nous étions, mon frère et moi, chez un de nos amis, innocent complice de cet article, une dame vint interrompre notre entretien au plus bel endroit. Je la vois encore qui entre, un rouleau de musique à la main, et cause quelques instants à voix basse avec notre cher hôte qui s'était levé avec empressement pour la recevoir : le simple fait est parfois plus éloquent que les plus belles phrases. Mon frère se mit à parcourir une partition, et moi, à regarder les tableaux; c'est-à-dire que j'allais les regarder, quand la dame releva son voile, s'approcha du piano, et, après un court prélude, chanta d'une voix admirable et que j'entends toujours l'air d'*Elie*, de Mendelssohn. C'était Mad. Pauline Viardot, qui portait à notre ami G*** les épreuves d'un fragment du sublime oratorio. Je louerais mal la grande cantatrice, et je n'en dirai rien. Si j'ai rappelé l'anecdote, c'est pour avoir une occasion de citer la publication à laquelle la fille de Garcia, la sœur de Malibran vient d'attacher son nom. J'ai déjà levé un masque; pour simplifier tout-à-fait le roman, j'étais chez l'heureux successeur de Meissonnier, dont je prétends aussi ménager la modestie. Le cercle était restreint, le sujet de la conversation, comme indiqué : Mad. Viardot développa (ce n'était pas pour moi!) le plan à la fois simple et grandiose de son œuvre. Bien entendu que j'eus l'air de tout comprendre, étant, d'ailleurs, presque allemand aujourd'hui et citoyen d'une ville où l'on aime la grande musique.

— « On ne chante plus guère, disait-elle; on crie beaucoup, et quelquefois on hurle; sans compter que nos artistes sont très-souvent malades. Cela tient bien sans doute à la musique étrange qu'ils doivent interpréter et aux effets forcés d'orchestre; mais cela tient aussi à l'oubli ou à la négligence des règles les plus simples du solfége : on ne sait plus respirer. »

A ce trait, je crus un moment que j'étais un artiste; car je ne respire jamais quand je chante, et je crie beaucoup.

— « On a trop donné, reprit Mad. Viardot, dans le romantisme en musique; le chant pur est dédaigné, la mode est aux roulades et aux trilles. Si Pergolèse, Handel, Cherubini revenaient au monde, ils auraient peine à reconnaitre ce qu'ils ont écrit et renverraient leurs mélodies à l'orchestre de M. Musard ou de M. Arban. On chante, en vérité, aujourd'hui comme on danse : le plafond servira bientôt de parquet. Pourquoi cela? Ou si le mal est fait, comment y remédier? Tant de chefs-d'œuvre seront-ils perdus par la maladresse de quelques chanteurs ou le goût dépravé d'un public ignorant? Le beau peut-il ainsi varier, avoir son temps et passer de mode? La romance du *Saule* attendra-t-elle une autre Malibran? Et le trio de *Don Juan* est-il à jamais condamné? »

Ainsi parla-t-elle; et, si je n'étais un barbare, je voudrais redire tout ce que j'entendis ce soir-là. Mais le moyen? Quand les rossignols chantent, ce n'est pas l'instant de braire. Elle partit, et quand nous eûmes épuisé ses louanges (ce qui ne fut point si tôt fait), je demandai à mon ami G*** quelque bien bourgeoise explication de cette méthode, de cette *Ecole classique du chant* dont il avait été question tout-à-l'heure.

— « Vous êtes professeur, me répondit-il, et vous recommandez chaque année à vos élèves certaines éditions classiques, qui sont tout simplement de petits chefs-d'œuvre : c'est Homère ou Virgile, annoté par des hommes du goût le plus sûr et le plus pur. Nous voulons faire pour le chant ce que M. Hachette a si glorieusement entrepris et achevé pour les poètes anciens d'Athènes et de Rome. Nous voulons offrir au public les morceaux choisis des plus grands maîtres, choisis, annotés et commentés par la plus grande artiste de ce temps. Voilà tout en quelques mots. Les sources pures ont été altérées et viciées par le mauvais goût ou l'ignorance, tout au moins détournées et négligées; nous voulons y revenir et y ramener les vrais amants de l'art. Quoi de plus simple? Et quel guide meilleur que celle que vous venez d'entendre? Tous ne l'approcheront pas et ne l'entendront pas comme vous ; mais, tous, en feuilletant notre recueil, connaîtront sa pensée et son cœur. On a trop oublié depuis quelque temps que les notes ont un son et un sens ; le son est juste parfois et le sens est faux, ou tout au rebours. Voici, entr'autres exemples, pour parer à ce double inconvénient ; écoutez ces conseils, dictés par l'expérience : « Rossini qui égale Beaumarchais par la verve et l'esprit, égale Shakspeare par l'énergie et le pathétique. La romance du *Saule* est comme le point culminant du rôle de *Desdemona*. Il faut qu'elle y fasse sentir, avec le regret de l'amie perdue, le pressentiment d'un sort pareil et le regret de soi-même : tristesse profonde et désolée. La prière qui suit, loin d'avoir le calme de celle que fait chaque soir la jeune fille avant de s'endormir, doit exprimer, par la ferveur des vœux qu'elle adresse au ciel, toute l'angoisse, tout le désespoir de sa situation (1). « Joignez à ce commentaire général quelques conseils nets et précis, des variantes approuvées par le talent et justifiées par le succès ; et ceux qui n'auront que du goût, et point de voix, ceux-là même pourront dire la sublime mélodie où chante, frémit et soupire le cœur humain. Car la voix ne suffit pas pour chanter, à moins de ne considérer l'artiste que comme un instrument perfectionné. Voilà ce qu'a entrepris Mad. Viardot, et tous ont applaudi : applaudissez à votre tour ; et souvenez-vous, quand vous retournerez à Mulhouse, de la soirée que vous a offerte le hasard chez un ami qui vous aime. »

J'ai ouvert mes malles ces jours derniers, et j'y ai retrouvé un long catalogue et quelques morceaux choisis de la publication : l'*Adélaïde* de Beethoven, la *Suzannah* de Handel, la *Violette* de Mozart, et Lulli, et Stradella et Rameau.... Pourquoi toutes ces notes sont-elles muettes pour moi, tandis que le souvenir de Mad. Viardot chante encore à mon cœur ? j'espère bien quelque jour entendre dans nos salons l'air d'*Elie :* nous avons

---

(1) Commentaire de la romance du *Saule,* par Mad. P. Viardot.

assez de bons musiciens et d'excellentes musiciennes (on sait que les dames sont supérieures en toutes choses) pour qu'une publication, comme celle de Mad. Viardot, ait plein succès dans notre ville. Il ne faut, aussi bien, que deux conditions pour la bien apprécier : un peu de fortune et du goût. Il y a surabondance à Mulhouse des deux qualités.

DEUXIÈME EXCURSION.

Les Boulevards. — Exposition permanente de pastels.

Quand Paris n'aurait que ses boulevards, Paris serait une grande ville ; quand Paris n'en aurait que la moitié, de la Madeleine à la Porte Saint-Denis, Paris serait une ville curieuse, ou, pour mieux dire, plusieurs villes, très-diverses de mœurs et toutes également intéressantes, sur une longueur de trois kilomètres.

Le boulevard des Capucines, c'est la petite Provence de toutes les aristocraties, nobiliaire, financière, étrangère et autres. Supprimez, ou transportez les Champs-Elysées et le chemin de fer du Havre (la chose n'est pas impossible), et le boulevard des Capucines, qui ne sera plus un lieu de passage, deviendra une succursale du Marais, le Marais des millionnaires : ce qu'est une maison de santé à un hôpital.

Le boulevard des Italiens est bien autrement animé et vivant. Il mène à la Bourse. C'est le rendez-vous du luxe et de la misère, de certains gueux et de certains riches, qui sont des gueux, des agents de change, vrais et faux. Tenue, d'ailleurs, à peu près uniforme et irréprochable : bottes vernies, col droit, cravate élégante et des gants ! Décoration rare ! De midi à cinq heures, les trottoirs semblent réservés exclusivement à cette classe du sexe fort qui fait ses affaires avec celles des autres. Il y a d'honorables exceptions; mais si on désignait les gens honorables qui hantent ce boulevard, on ferait tort à trop de monde.

A la rue Vivienne, une autre société commence, et les toilettes varient. On en trouvera le spécimen détaillé au café des Variétés. Acteurs et auteurs, gens de lettres et gens de loisir, ombres éternelles des autres, nouvellistes et folliculaires, le haut du pavé est à eux. Ils en prennent sans trop de morgue et sont mieux élevés que ne croit généralement la bourgeoisie; ils rient volontiers parce qu'ils ne prennent pas la vie au sérieux et que le monde est vraiment comique; ils sont de bonne humeur, parce qu'ils se soucient peu du lendemain et qu'ils oublient le plus possible les sujets qu'ils ont d'être tristes; ils se moquent de ceux qui les applaudissent le soir et quelquefois les admirent, en les méprisant tout le jour. Entre la rue Vivienne et la rue Montmartre, dans ce charmant voisinage des Panoramas, l'endroit le plus célèbre du monde connu avec le Palais-Royal, il y a de la vie, du mouvement, de l'entrain. Là-bas, c'était l'argent qui circulait; ici, c'est la gaîté. Je voudrais bien habiter sur la frontière des deux pays.

Voici le boulevard Bonne-Nouvelle et le haut commerce! Figures affairées, démarche précipitée, tenue de ministres. Ce sont Messieurs les commis de magasin et les chefs de rayon qui vont déjeuner ou qui reviennent d'un pas rapide, tandis que, du seuil de la boutique, le patron et ses cinquante ans les contemplent. La rue des Jeûneurs et la rue du Sentier lancent de temps à autre sur le boulevard quelque rapide messager, Iris en bottes et en moustache, qui part et revient, le visage radieux ou soucieux, selon que le libre-échange a fait des siennes. Au luxe des magasins a succédé le confort (puisque nous avons le libre-échange, je ne vois pas pourquoi je ne parlerais pas anglais); le solide a remplacé le beau, et les becs de gaz qui éclaireront là-bas jusqu'à minuit les bonbons de Siraudin ou les soieries de la Compagnie lyonnaise s'éteignent ici, à neuf heures, sur les tapis,

la porcelaine de ménage, le calicot et les livres d'occasion :
bonne nuit et rêves d'or !

Nous n'irons pas à la Bastille qui n'existe plus et qu'un embarcadère remplace avantageusement : pousser jusqu'à Mazas
serait entreprendre un voyage de long cours. Nous avons, d'ailleurs, tant à voir encore ! Car nous n'avons rien regardé ; et cependant, au boulevard de Gand, nous avons, à partir de six
heures, une exposition permanente de peinture que je recommande aux amateurs. Quand les gens de Bourse reviennent de
l'affreux Parthénon où chaque jour ils sacrifient à Mercure une
hécatombe de moutons et d'actionnaires, ils rencontrent sur
leur passage, surtout quand le dieu leur a été favorable, des
couples de nymphes saluant la déesse Fortune. Ces belles du
soir, presque aussi modestes que la violette, mais beaucoup plus
parfumées, ambrées et musquées jusqu'à l'odieux, apparaissent
à l'heure du crépuscule et du dîner : heure poétique, entre
toutes, où le gaz s'allume, où les restaurants s'emplissent. Ces
excellentes personnes ne se montrent qu'à l'heure mystérieuse
où la solitude commence à peser, où la nuit vient assombrir les
pensées du vieux garçon et des jeunes gens trop jeunes. C'est à
l'entour des cafés, près de Tortoni et de la Maison-d'Or, qu'elles
traînent sur le premier macadam du monde un pied mignon et
une lourde robe de soie, ample et salé, riche et fripée et tout
effilée par le bas. Ainsi les papillons voltigent le soir autour de
la lampe. A la différence des nymphes antiques, celles-ci sont
très-vêtues, jusqu'à l'opulence, comme si elles portaient toute
leur garde-robe sur elles : Bias, aussi, portait tout sur lui ; ce
n'était pas la même chose. Si deux de ces couples marchaient
de front, la voie publique serait interceptée : de loin, on dirait
de gros pains de sucre en branle : une base très-large, un cône
aigu. Comme les demi-déesses du paganisme, ces demi-dames du
demi-monde portent leurs cheveux, les leurs et ceux qu'elles
achètent, dans un sublime désordre. L'art de la coiffure est de
ne plus se peigner.

J'ai cru fort longtemps que ces dames existaient bel et bien comme les autres, comme moi-même ; et, à les voir assises le soir en face d'un verre d'absinthe et de vermuth, entre six ou huit gaillards buvant et fumant, je m'étais imaginé qu'elles étaient là du même droit et dans le même dessein que le plus vulgaire des consommateurs. Comme on est trompé quelquefois à Paris, et comme on se trompe souvent soi-même !

Je me promenais, un soir, avec mon frère et deux de nos camarades qui habitent Paris toute l'année et qui s'y sont fait un certain renom dans les lettres. Comme nous passions en face du café du Helder, je remarquai deux dames, l'une très-jeune, très-pâle et très-belle, en apparence du moins ; l'autre, moins jeune, fort laide, mais pourtant rosé et blanche, un Watteau ! C'est une remarque constante à faire que ces dames vont toujours deux par deux, comme les bœufs, et qu'elles n'ont jamais un point de ressemblance : quand l'une est jeune, l'autre est mûre ; quand l'une est jolie, l'autre ne l'est pas ; quand l'une a la grâce de la gazelle, l'autre a la lourde opulence de l'hippopotame ; je gagerais volontiers que si l'une avait une seule bosse comme le dromadaire, l'autre en aurait deux comme le chameau ; bizarre et touchante fraternité ! J'allais, en vérité, m'extasier sur cette créature, nouvelle Ophélie en peine ou en quête de son Hamlet, quand mon ami G***, me prenant par le bras : « Comment trouvez-vous ce pastel ? me dit-il. » — « Quel pastel ? » Je cherchais de tous côtés un marchand de tableaux, un Goupil quelconque, et je ne voyais rien. — « Quel pastel ? » repris-je avec une voix et des yeux si étonnés qu'il ne put se tenir de rire. — « Là, » répondit-il, en me montrant du bout de sa canne la pâle créature qui restait impassible en face de son verre. Et je fus, en effet, surpris de l'immobilité du visage et de l'éclat terne du regard. Quant à la vieille, elle remuait bien pour porter son verre à ses lèvres, mais par un mouvement si régulier et si mécanique qu'elle semblait n'avoir jamais fait autre chose de sa vie. — « Venez, reprit G***, nous allons nous asseoir à cette table, et vous jugerez mieux ; il y a de fines peintures qu'il faut voir de près. »

Que le lecteur me pardonne ces singuliers détails ! Et, surtout, qu'il ne s'en effraie point ! Je prétends le faire assister à un très-curieux spectacle : le prodige de la mécanique et de la peinture ! Quant à la politesse de G***, elle ne doit pas être mise en doute, et la liberté de ses manières n'empêche pas que ce ne soit le plus galant homme d'Europe, — après S. M. le Roi Victor-Emmanuel.

A peine donc étions-nous assis que mon très-respectable et subtil ami pour appeler le garçon, laissa tomber un louis sur le marbre de la table. Au son du métal, la jeune femme tourna les yeux sans presque remuer la tête, et sa bouche fit un pli qui devait simuler un sourire. Ce sourire se stéréotypa sur ses lèvres et dura tout le temps que nous restâmes assis. — « Seconde et dernière expérience, fit G*** en se levant, regardez ! » Et, prenant sa tabatière (il a la détestable manie de priser) il la passa vivement sous le nez de sa voisine. Elle fit entendre une sorte de grognement à l'instar des poupées qui disent : « Maman, papa, » après quoi, elle éternua. Et comme cet éternûment avait provoqué une très-violente secousse, je vis tomber, s'étendre et s'élever autour de cette tête une poussière blanche, rose, noire ! Ce fut bien autre chose quand elle se fut servie d'un joli mouchoir brodé qu'elle tenait à la main. La batiste se teignit de toutes les couleurs de l'arc-en-ciel ; et je vis alors des lèvres décolorées, un visage jaune, des yeux rouges, des cils.... non, je ne vis plus de cils. Elle répéta le même grognement.... que je me flatte d'avoir mal entendu, et nous nous éloignâmes avec des impressions très-diverses et une certaine envie de rire. — De rire ? la pauvre créature ! c'était peut-être son diner qui s'en allait ainsi en poudre !

P. S. Tous les soirs, à partir de six heures, entre le passage Jouffroy et la rue de la Chaussée-d'Antin, exposition permanente et gratuite des pastels vivants (Musée de Teinture).

TROISIÈME EXCURSION.

Les Théâtres.

Si l'on me demandait à quel théâtre aller aujourd'hui, et, surtout, à quel théâtre conduire une jeune fille ou une jeune femme, je serais fort en peine de répondre. Point d'embarras ni de doute assurément, s'il s'agit de l'Opéra et qu'on n'y exécute pas la musique du prince Poniatowski ou qu'on n'y danse pas de ballets. Feydeau et le Théâtre lyrique n'offrent pas non plus de dangers sérieux; ou, du moins, les seuls périls à craindre, c'est, à l'Opéra-Comique, d'entendre chanter bien mal; au Théâtre lyrique, de subir la Statue de M. Reyer. A part cela, sécurité complète,

Et, sans danger, la mère y conduira sa fille !

Partout ailleurs, je ne réponds de rien. Le Gymnase vit de souvenirs jusqu'à ce qu'il meure de regrets : la perte de Rose-Chéri l'a peut-être achevé. Hélas ! comment mourir avec un si joli nom, tant de jeunesse, de talent, de vertu ! Elle était la gloire, et, je le crains, la vie de cette scène charmante où son ombre attirera encore quelques fidèles admirateurs et sera saluée de toutes les mères. Elle avait fini sa journée : Bressant parti; Dupuis et Lafontaine errants ou exilés, elle n'avait plus à qui donner la réplique, et les poètes se taisaient. Le Gymnase aujourd'hui sent le sépulcre et le rire y est funèbre : pauvre Rose !

Le Vaudeville, les Variétés, le Palais-Royal s'intitulent théâtres de genre et sont, en effet, des théâtres de très-mauvais genre ; ce qu'on voit gratis sur le boulevard, on le voit là pour de l'argent, c'est toute la différence. Je mets au défi un galant homme, qui soit en même temps un homme de jugement, de voir deux fois de suite la *Beauté du Diable* et les *Danses nationales*. Grand merci pour la nation ! les deux pièces sont des mêmes auteurs, divisées à-peu-près en un même nombre de ta-

bleaux ; en voici l'ordre : car je ne vois pas d'analyse possible.
Au premier acte, dix ou douze jeunes femmes, à-peu-près habillées, viennent chanter les rondes modernes et exécuter les danses
les plus variées sur des airs connus; au second acte, elles repa-
raissent un peu plus court-vêtues pour chanter des refrains plus
lestes que les premiers ; au dernier, costumes et chants sont également décolletés. Quant à la partie chorégraphique, elle consiste
à lever la jambe le plus haut possible pour figurer un compas
grand ouvert aux yeux d'un orchestre enchanté. Mêlez à cela
quelques plats calembourgs, des mots aussi peu couverts que
celles qui les débitent, des plaisanteries fortement épicées, beaucoup d'argot avec les intonations nécessaires et les gestes expli-
catifs, et vous aurez une idée très-suffisante d'une soirée passée
au Palais-Royal ou aux Variétés. On se demande, en sortant, si
le public n'est pas plus bête d'accepter de pareilles turlupinades
que les auteurs ne sont effrontés de les lui offrir. Et ces théâtres-
là font salle comble ! Je ne comprends, en vérité, pour goûter
le plaisir de spectacles pareils qu'un public de sourds-muets,
friands de nudités.

Les Folies-dramatiques et les Délassements-Comiques (pro-
noncez Fol-dram et Délass-Com !) ne sont que les basses variétés
du genre ; ni comiques, d'ailleurs, ni dramatiques La différence
de ces théâtres avec les autres est peu de chose : les salles sont
plus petites, les siéges moins commodes et le prix des places
moins élevé, voilà pour les spectateurs ; de l'autre côté de la
rampe, moins de diamants, moins de gaze, moins de jeunesse et
de beauté ; autant de vertu. Aux Variétés, les dames de l'avant-
scène mangent des oranges glacées ; aux Folies, elles croquent
du sucre d'orge. Des Funambules et du petit Lazari, on n'en
parle que pour mémoire : un horrible quinquet éclaire l'entrée
de ces bouges où la police doit avoir bien souvent son rôle à
jouer : au reste je n'en ai jamais vu que les affiches, et cela m'a
suffi.

En face de ces mêmes Funambules, à la clarté d'une jolie

guirlande de gaz, le théâtre Déjazet attire le regard du prome-
neur et lui tend ses piéges. Tombez-y, messieurs les badauds,
le soir où Virginie Déjazet fera sa rentrée. Si jamais le talent a
protégé contre la vieillesse, c'est bien cette éternellement jeune
et gracieuse Virginie, leste et pimpante, portant ses soixante ans,
comme un beau pommier de Normandie ses fruits verts et appé-
tissants. Ah! la fine et spirituelle créature, plus jeune, plus
rieuse et plus attrayante que toutes ces poupées ridicules et
sottes, autant que jolies, qui montrent tous les soirs, faute de
mieux, ce qu'elles devraient cacher. Entrez, messieurs, mais entrez seuls, et, seuls, tâchez d'en sortir! Qu'ainsi vous conduise
la déesse Pudeur dans cet autre royaume où le sceptre est un
archet, et le roi, M. Offenbach! Les Bouffes Parisiens, encore
un musée avec accompagnement d'orchestre! Les chevaux de
bois ne tournent plus qu'en musique, deux manières pour une
de s'étourdir quand on a la tête faible et sujette aux vertiges;
de même, les Bouffes Parisiens, au son des violons, exhibent un
certain nombre de demoiselles qui se sont vouées à la musique
par amour de l'art,... des cachemires et du palissandre. Je vous
déclare, cher lecteur, que jamais Mentor n'aurait conduit Télé-
maque aux Bouffes Parisiens, et que le rusé Ithacien qui se
bouchait les oreilles avec de la cire, passage des Sirènes, aurait,
passage Choiseul, doublé la dose et fermé un œil au moins.

— Fort bien, monsieur le Critique : mais je voudrais aller à
la comédie. Que pensez-vous de l'Ambigu, de la Porte-Saint-
Martin, de la Gaîté? Voilà des théâtres! eh bien?

— Eh bien, mon bon lecteur, vous avez oublié le Cirque
olympique, qui est le quarante-septième : il est convenu qu'on
ne parle jamais des théâtres de la rive gauche, sauf dans les
cours d'archéologie à propos de l'Acropole ou de Pompéi. La
Porte-Saint-Martin, à l'heure qu'il est, joue la plus insupportable
féerie que six ou huit auteurs aient pu composer, arranger et
gâter ensemble et tour à tour : le *Mouton,* dont on montre le
Pied, n'a jamais eu ni queue ni tête; et, hormis le machiniste,

on devrait condamner aux galères les auteurs et les complices de ce vieil attentat rajeuni : c'est de la récidive. Et cependant j'aime encore mieux le *Pied de mouton* que les *Funérailles de l'honneur*, si drôle que soit le drame sérieux de M. Vacquerie. L'Ambigu a représenté, dans ces dernières semaines, *Cora ou l'Esclavage :* c'est juste aussi gai qu'un article des *Débats* mis en dialogue par un rédacteur de l'*Univers*. Toute personne, atteinte d'insomnie, peut louer un fauteuil d'orchestre, une simple stalle au théâtre de M. Chilly ; je lui garantis une bonne nuit. *(Nota bene :* prévenir, en entrant, l'ouvreuse qu'elle ait à vous réveiller au cinquième acte : on cite un homme d'esprit qui est resté trois jours endormi sur le petit banc où il avait glissé.)

Je n'ai jamais su pourquoi la Gaîté portait un nom si jovial avec des habitudes si lugubres : vous figurez-vous un croquemort avec une guirlande de roses? La Gaîté m'a toujours semblé effroyablement triste : la *Fille des chiffonniers* et le *Courrier de Lyon* n'ont rien changé à mon jugement. Je voudrais bien vous raconter l'un de ces drames, mais j'ai peur de ne plus me souvenir : c'est l'heureuse et unique compensation de ces spectacles qu'on les oublie très-vite ; il m'en reste, cependant, une grosse idée, et je crois tenir le fil et le fond de la pièce. Elle prouve qu'il n'y a d'honnêtes gens que les chiffonniers, lesquels recueillent, élèvent et dotent les enfants trouvés, qui sont perdus par des mères du grand monde, la pire espèce de femmes et dont la société sera bientôt-délivrée. Il y a bien quelques autres petits incidents et ingrédients dans le mélodrame, mais ce n'est guère la peine d'en parler. Le *Courrier de Lyon* a très-vite succédé à *Christophe Colomb* : ce dont je félicite le grand homme qui, tous les soirs, étalait sous les traits d'un Monsieur Dumaine, une misère ridicule, une gloire plus ridicule encore. Et l'on parle d'une censure, à Paris ! mais quand donc y aura-t-il une censure des censeurs ! Le *Courrier de Lyon*, c'est l'histoire de l'infortuné Lesurques. un honnête homme, deux fois victim

2

une fois de la justice, l'autre fois du mélodrame! Le lion ma-
lade disait à l'âne :

Je voudrais bien mourir,
Mais c'est mourir deux fois que souffrir tes atteintes.

Allons donc au Cirque olympique, et prenons Pékin! Otez
votre chapeau, Gendarmes, comme disait la parodie d'Hernani.
Analyse facile, et drame simple, comme son auteur : 1er tableau :
les Chinois sont des coquins; ils seront battus. Boum! 2e tableau : les Français sont des héros; ils triompheront. Boum!
Boum! 3e tableau : tous les Chinois sont de vilains coquins, ils
seront rebattus. 4e tableau : tous les Français sont de fameux
héros, ils retriompheront. Boum! Boum! Boum! 5e tableau : le
théâtre représente un palais; l'Empereur de la Chine est à
droite, l'ambassadeur français à gauche. Au milieu, de belles
demoiselles caracolent et viennent à tour de rôle passer respec-
tueusement leurs brodequins sous le nez de l'empereur et de
l'ambassadeur. 6e tableau : un engagement. 7e : un combat
8e : une bataille.... 21e et dernier : victoire et apothéose : les
Français triomphent au milieu des feux de bengale. Certes, ce
spectacle-là n'est pas méchant, les places coûtent cent sous et valent dix francs, cent sous qu'on donne pour entrer, cent sous
qu'on donnerait pour n'être pas venu. Voilà donc un théâtre
inoffensif et qu'on recommandera sans crainte à tout le monde,
excepté à ses amis. Et pourtant, quelle idée féconde il y aurait
là! quelle mine à exploiter, que les grands faits de notre histoire!
mais il y faudrait du choix, de la pudeur, du goût. C'est fasti-
dieux à la fin d'être toujours vainqueur et de triompher les
mains dans les poches : sur un simple tremolo de l'orchestre,
nous prenons Pékin ou Sébastopol; et le Russe ou le Chinois se
sauvent au premier coup d'archet, aussitôt que le voltigeur fran
çais a pris ses distances pour essuyer sa botte sur l'ennemi con-
sterné et tourné.

J'aimerais bien mieux avoir fait *Tartufe* ou le *Misanthrope* que
la *Prise de Pékin,* malgré le succés continu de M. d'Ennery. On

aura beau faire, et beau tenter ; c'est là toujours qu'il en faudra revenir, à ce grand, à ce noble, à ce glorieux Théâtre-Français, le théâtre de Corneille, de Racine, de Molière. Allez à la Comédie-Française, et retournez-y ! On joue *Molière,* tant mieux ! Et *Molière* encore... tant mieux ! Grandes œuvres que celles-là, interprétées par les premiers artistes du monde ! Allez à la Comédie-Française ! Plutôt que ces turpitudes grotesques, plutôt que ces aberrations larmoyantes et sanglantes, allez voir ces farces sérieuses qui amusaient nos pères, entendre, s'il le faut, ces franches et honnêtes crudités qui n'ont choqué jamais que les prudes ou les bégueules ! Ni le cœur ne sera dupé, ni l'esprit égaré, ni le sens moral faussé par la haute comédie : nous ne sommes pas des Anglais pour être choqués d'une hardiesse de langage, qui n'est peut-être même hardiesse qu'en raison de notre pusillanime préciosité ; nous sommes Gaulois, fils de ces Gaulois qui, plus soucieux du fond que de la forme, des mœurs que du langage, de l'action honnête que de l'expression équivoque, parlaient juste, vivaient bien et nous transmettaient un excellent exemple de sagesse et de gaîté, de franchise et de raison. Vous qui souhaitez vous distraire ; et vous qui avez permis ou promis les sages divertissements, donnez une de vos soirées à la Comédie-Française et ne craignez pas d'emmener vos fils ou vos filles. Nausicaa ne rougit pas de rencontrer Ulysse qui n'est pourtant vêtu que de sagesse. On ne s'habille plus ainsi dans aucun théâtre ; on s'habille plus, sinon mieux, et autrement ! Le Théâtre-Français lui-même commanderait pour Ulysse un maillot et une tunique ; c'est peut-être le seul théâtre où l'on pourrait le voir avec les yeux de Nausicaa.

Vive donc la comédie et vive le théâtre de Molière ! Qui sait s'il vivra bien longtemps ? La pioche et le marteau ont passé au coin de la rue Richelieu, et là, aussi, entamé l'œuvre de destruction. On brise les pierres et l'on en fait de la poussière. On ne détruit pas la gloire !

QUATRIÈME EXCURSION.

Le Bois de Boulogne. — Deux amoureux et un indiscret.

Le Parisien est curieux jusqu'à l'indiscrétion. Quand je dis le Parisien, j'entends un peu tout le monde, ceux qui demeurent et ceux qui passent à Paris, les habitants et les visiteurs. L'incognito n'y est pas respecté ; et des asiles, qui sembleraient partout ailleurs inviolables, sont précisément violés par la curiosité publique. Je ne suis pas en cela moins coupable que les autres, et j'en veux faire ici mon *meâ culpâ.*

Je me promenais au bois de Boulogne, comme le dernier des badauds, ou le premier, peu importe : les premiers seront les derniers, dit l'Evangile : je me promenais du côté de Passy, et j'admirais la gracieuse villa que s'est bâtie Rossini ; elle est facile à reconnaître, une lyre surmonte la porte extérieure : ce sont les armes du maëstro Il sortait justement à point pour que je pusse saluer l'auteur du *Barbier* et d'*Othello,* Shakspeare-Beaumarchais-Rossini ; je ne ferai pas plus la description de la villa que le portrait du propriétaire. Sa photographie, à lui, se vend partout pour ceux qui souhaiteront le connaître; quant à la villa, elle ressemble à toutes les villas du monde; elle est très-élégante et très-simple. C'est tout ce que j'en veux dire, et, d'ailleurs, tout ce que j'en sais.

Qui se promène par-là rencontrera quelque jour Lamartine à qui la ville de Paris a donné un ample domaine ; Jules Janin se dirigeant à pas comptés vers son délicieux châlet; Edmond About emménageant dans la maisonnette qu'il s'est achetée avec la 20e édition de la *Grèce contemporaine,...* et bien d'autres encore qui habitent Paris, à Passy. Quant à moi, j'étais seul, je ne cherchais rien, et voici ce que j'ai trouvé :

A quelque distance de Passy, chacun peut voir une ravissante habitation. Je n'en saurais dire davantage, et le lecteur comprendra les raisons qui me font taire certaines particularités de mon récit ; cette habitation est isolée, quoique la vie circule tout à l'entour, vrai nid d'amoureux, retraite adorable et fraîche, plus élégante qu'une chaumière et toute faite cependant pour abriter le bonheur. Je n'ai jamais très-bien compris, à vrai dire, le bonheur logeant au grenier ou grelotant sous le chaume : la chanson de Béranger n'est qu'un paradoxe ; et je trouve, quant à moi, que le premier étage, à vingt ans, est préférable au cinquième ; j'ai idée qu'à soixante ans je penserai la même chose.

Mais revenons à la chère retraite. Comment je m'en étais approché ; par quelle ruse ou par quelle audace j'avais pénétré jusqu'au seuil, touchant les vitres de ma main et de l'œil sondant les profondeurs, cela n'importe guère, et je ne m'en souviens plus. Le fait est que je voyais sans être vu et que j'assistais à une scène intime, comme Gygès d'illustre mémoire. Que n'ai-je, hélas ! la palette de l'artiste ou le crayon de Doré ? Comme j'aimerais à dessiner le tableau plutôt que le décrire ! De quelles couleurs je peindrais cet intérieur charmant, au lieu de m'épuiser en phrases et en périphrases incolores et vagues !

Sous le demi-jour d'un rideau vert-tendre, ils étaient là, tous deux, l'un près de l'autre, brillants de jeunesse, de santé, de joie. L'ameublement convenait mieux que je ne saurais dire à leurs amours ; à ce que je pus comprendre, c'étaient de jeunes fiancés qui savouraient les délices de cette avant-lune de miel, encore plus douce et plus parfumée que l'autre. Ils paraissaient si heureux ! si étrangers au monde environnant ! si bien l'un à l'autre que rien du dehors n'arrivait jusqu'à eux. Les rayons de soleil, qui se jouaient à travers la vitre, n'auraient pas distrait leurs regards attendris et comme imprégnés d'amour : ce qu'ils échangeaient tout bas de doux serments, ils l'entendaient si bien qu'on eût cru qu'ils se devinaient plutôt qu'ils ne devisaient. De mouvements, fort peu ; de gestes point. Ils se regardaient, se comprenaient, s'aimaient ! Des frémissements de volupté, c'est tout ce qu'on sentait, ce qu'on ne voyait même pas. Mais je n'aurais dû parler d'eux qu'après avoir montré les jolies fleurs, les plantes rares dont les parfums lés enivraient sans doute ; tous ces coquets objets d'art dont l'imagination s'éprend, tandis que le cœur se repose de ses émotions. Je l'avoue à ma honte : ce qui m'intéressait plus que tout cet extérieur élégant, c'était cette jeunesse, cette passion, cet amour oublieux du monde : charmant égoïsme qui se faisait envier tout ensemble et admirer !

Il y avait quelque temps déjà que je les contemplais dans une muette immobilité, quand ils disparurent tout à coup. Avais-je fait, sans m'en douter, un mouvement ? Avaient-ils surpris mon indiscrétion ? je ne sais. Ils ne s'étaient pas, d'ailleurs, éloignés pour longtemps ; et le frémissement d'une plante m'indiqua la place où ils s'étaient réfugiés, un grand rideau qui ne les cachait guère. Je m'effaçai à mon tour et je les vis bientôt reparaître ; je m'étais baissé de telle sorte que je pouvais enfin espérer de n'être plus en vue et que je pouvais cependant tout voir à mon aise. Ils revinrent, en effet, à la place qu'ils avaient quittée, véritable tapis de mousse comme on en rêve, dans la jeunesse, au milieu de bois odoriférants, à l'ombre d'arbres embaumés. Son regard, à lui, avait comme du feu, tandis que les prunelles de son amie étaient voilées de je ne sais quelle douce et tendre mélancolie. Paul devait avoir ce regard de flamme ; Virginie, cette chaste langueur à l'heure solennelle et critique où l'amour soupire ses premières mélodies à ces cœurs primitifs. Involontairement je pensais aux chers héros de Bernardin de Saint-Pierre ; et la nature luxuriante où il les a connus, je croyais la revoir et la mieux comprendre en face de mes petits amoureux.

Elle était si gracieuse ! Sa toilette était charmante de simplicité, merveilleuse de décence : point de bijoux indiscrets, point de ces colliers ni de ces brillants de la vanité ou de la corruption ; rien enfin de ces toilettes tapageuses qui ne couvriront jamais assez le vice ! Lui, simple comme elle ; comme elle, vêtu de jeunesse et de grâce ! C'est véritablement une belle chose que la pudeur : à les regarder ainsi avec cette persistante indiscrétion, je ne sentais rien qu'une enivrante sympathie mêlée de respect : il me semblait même, tant je pensais peu à mal! qu'ils ne m'en auraient pas voulu d'avoir pénétré leur doux mystère, s'ils m'avaient surpris, et d'avoir repu mes yeux et mon cœur du spectacle de leur innocente félicité.

O lecteur-ami, pardonne-moi comme eux! Lectrice impatiente, ne me demande pas encore ce qu'ils échangeaient entre eux de doux propos d'amour! Laissez-moi regarder, contemplez avec moi, vous qui vous souvenez, vous qui espérez! Il y a des instants où le silence est plus éloquent que la voix la plus éloquente; où le regard est un langage; où l'émotion, comme la harpe éolienne, vibre en mélodies harmonieuses et tendres qu'on écoute avec son cœur... ne me demandez pas dans quelle langue ils murmuraient leur amour.

Mais quoi! ils ne se regardent plus.... ils écoutent.... on dirait qu'ils tremblent et redoutent quelque péril inconnu. Un je ne sais quel trouble est venu d'eux à moi. Est-ce un père, un jaloux qui vient déranger leur solitude! Sainte pudeur! c'est un mari peut-être? non, le crime n'a pas cette audace naïve, cette grâce charmante; non, ils ont le droit de s'aimer ceux qui se le disent ainsi sous le regard de Dieu! Et pourtant, là-bas, j'entrevois un regard menaçant, terrible.... Veille sur ceux qui s'oublient, protége ceux qui s'aiment, Amour, éternel dieu du monde!....

..... J'ai fermé quelque temps les yeux; quand je les ai rouverts, la place était vide, et je ne vis rien que les plantes et les fleurs qui semblaient attristées de leur départ. J'ai repris ma promenade solitaire : le soleil penche à l'horizon, les sapins sont noirs, les allées désertes; les couples tardifs manquent d'innocence et de chasteté.... Je suis monté en voiture et me suis fait conduire au Palais-Royal.

P. S. Peut-être aurais-je dû apprendre, dès le début, à mon lecteur que j'étais au Jardin d'acclimatation, devant la vitrine de l'Aquarium : je venais d'assister aux fiançailles d'un carpillon et d'une carpe nubile ; c'est un brochet qui nous avait mis tous les trois en déroute....

CINQUIÈME EXCURSION.

Les bibliothèques. — Les librairies.

Les bibliothèques publiques ont été longtemps des salles d'asile, où l'on trouvait des livres : la Sorbonne et le Collége de France en étaient les succursales. Je parle, c'est bien clair, d'un temps fort éloigné de nous. Il y a peut-être cent ans, peut-être même quinze, que tout a changé, et pour le mieux, évidemment. Mais dans ce temps-là, *in illo tempore*, les bibliothèques étaient bien le refuge des petits rentiers, qui économisent sur le bois et la chandelle ; des petits écrivains qui n'ont ni feu ni lieu, et des grands désœuvrés qui n'aiment pas à dormir, seuls, à la maison. Par-ci, par-là, on découvrait bien quelque studieux lec-teur, *rara avis*, comme on a vu un auditeur égaré à un certain cours. — « Messieurs, disait un jour le professeur en commen-çant, permettez-moi de vous remercier du zèle avec lequel..... » (Ce jour-là, il y avait deux auditeurs). Cinq minutes après : « Mon-sieur, continuait le professeur, dans cette grande lutte, Eschine et Démosthène, deux nobles émules, deux illustres rivaux..... » La phrase n'était pas achevée que le dernier auditeur s'était éclipsé. Le professeur se levait, saluait par une vieille habitude et emportait sa leçon pour une meilleure circonstance. Il a at-tendu quatorze ans pour faire la seconde.

Revenons aux bibliothèques, et, comme il convient, allons d'abord à la bibliothèque impériale. Le bâtiment, ou, plutôt, les bâtiments n'en sont pas beaux, pour être grands ; l'hôtel de Nevers ferait aujourd'hui piteuse mine à Paris, et Mazarin don-nerait, avant trois mois, congé de son palais pour aller habiter l'Avenue de l'Impératrice. On démolit, on badigeonne, on replâtre, à l'heure qu'il est, la vieille bibliothèque : je doute qu'on en fasse jamais quelque chose de beau. Le plus habile coupeur ne taillera pas un habit élégant dans une redingote antique ; le plus habile architecte ne taillera pas un palais dans les lourds bâtiments de la rue Richelieu. Qu'importe, après tout, le dehors ? Le bâton de Brutus était d'or sous une écorce de chêne.

Entrons donc. A l'intérieur, la bibliothèque impériale ressemble à toutes les bibliothèques : une grande salle, de grandes tables, des places indiquées par une chaise et par une écritoire, dégarnie de papier et de plume contrairement à la définition du dictionnaire ; des jeunes gens, des hommes faits, des vieillards penchés sur des in-12, des in-8° et des in-folio, quelques-uns lisant, beaucoup dormant ; des bruits de portes qui roulent sur leurs gonds sans grincer, de pas qui glissent sur le parquet sans craquer, de feuillets qui tournent sans crier ; au milieu de la salle ou dans l'embrasure des fenêtres, le conservateur et ses aides enterrés sous d'énormes manuscrits qu'ils ont l'air de débrouiller ; partout, une atmosphère poudreuse, une odeur de renfermé écœurante, un je ne sais quoi qui sent le tombeau : voilà tant bien que mal l'image d'une bibliothèque. Faut-il s'en étonner ? Une bibliothèque est un vaste cimetière où dorment à jamais des milliers d'écrivains que personne ne songe à réveiller, c'est la fosse commune de tous ceux qui ont tenu la plume et qui ont écrit la gothique et l'anglaise. Les Français, nos maîtres, les grands écrivains, n'ont que faire dans ces nécropoles : ils ont place à nos foyers, ils sont dans nos mémoires et dans nos cœurs ; leur chez eux c'est chez nous.

Puisque toutes les bibliothèques se ressemblent, je serais bien sot de les visiter toutes et de vous y promener à ma suite : le public seul y fait quelque différence. A la bibliothèque impériale, il y a de tout le monde, et, surtout, des étrangers qui viennent voir les salles et déranger ceux qui travaillent ; à la bibliothèque de l'Arsenal, très-riche en manuscrits, on rencontre de jeunes vieillards, têtes chauves devant lesquelles on passe sans rire, qui tâchent à conquérir quelque poste important aux Archives ; ou bien encore un romancier barbu et crépu qui extrait des mémoires du capitaine d'Artagnan les anecdotes curieuses et piquantes dont il fera quelque jour un chef-d'œuvre. La bibliothèque Sainte-Geneviève, à part un nombre très-restreint d'étudiants en droit, n'ouvre guère ses portes qu'aux paisibles habitants des pensions bourgeoises qui avoisinent le Jardin-des-Plantes ; quand ces braves gens ont fait leur petite visite à l'ours Martin, ils viennent lire ce qu'en pense M. de Buffon. Celui-ci n'est pas moins ennuyeux que celui-là : il est seulement plus solennel. Autre variété à la Sorbonne ; je dis variété de lecteurs. Au mois d'Août, les salles sont envahies par les futurs héros et les futurs martyrs de l'agrégation ; ici, les volumes sont à discrétion, comme le pain dans les restaurants : on peut en avoir dix, quinze, vingt, on peut élever des barricades de Cicéron et d'Homère devant le voisin qui n'y voit plus clair. Si c'est un concurrent, il n'y a pas de mal : c'est de bonne guerre, on lui enlève ses armes, et le malheureux, au jour de la bataille, se présente avec un bouclier de carton et des traits émoussés. On voit là de bien tristes figures ; je crois bien qu'on m'y a vu.

Vive la vie ! Fuyons ces salles mornes et mortes où s'enterrent quelques malheureux sous le funèbre prétexte d'en exhumer d'autres. Paix à tous ! parlez-moi d'une librairie pour vous réveiller le cœur et le ragaillardir. La librairie, voilà le mouvement, l'entrain, la vie ! Là, on parle à voix haute et distincte ; si l'on demande un livre, on n'est pas servi par un homme à ressort qui se lève, tourne à gauche, à droite, d'un pas égal et sourd, tire une clef, ouvre une porte, prend un volume, vous le donne et s'en va comme il était venu. Vous voyez un homme, un homme enfin, s'empresser, courir, saisir l'auteur, le frapper du plat de la main pour en secouer la poussière et vous le présenter avec un superbe et retentissant : Voilà, monsieur ! à la bonne heure ! Et puis, ces livres, ces brochures avec leurs couvertures bril-

lantes, jaunes, bleues, oranges, chamois, ont quelque chose
d'attrayant comme la jeunesse, de séduisant comme la grâce.
Leurs titres, qui se détachent en noir foncé sur la couverture
jaune tendre, leurs titres seuls ont je ne sais quoi de provocateur
et d'irrésistible. Ce sont nos contemporains, nos maîtres, quelquefois nos collègues, quelquefois nos amis qui les ont écrits, ces
livres : s'ils sont excellents, nous sommes ravis ; s'ils sont mauvais, nous n'en sommes qu'à demi-fâchés, avec cette malheureuse
envie qui nous mord tous un peu plus, un peu moins, l'épiderme
à celui-ci, le derme à celui-là. Tenez, un rayon de romans ! tenez,
des vers ! tenez, de la prose ! Et des classiques ; et des roman-
tiques ; et des vieux qui sont toujours jeunes ; et des jeunes qui
sont nés vieux ! De tout et de tous !....

On m'appelait, au collége, un saint-difficile. En fait de goût
littéraire, je ne renie pas le titre, il est peut-être synonyme de
délicat : je n'aime pas toutes les librairies ; il y faut de l'ordre et
du choix. La librairie nouvelle de Bourdilliat est un bazar, une
halle ; c'est le Ruolz, le Christophle de la librairie. Dentu étouffe,
dans sa petite boutique, sous une avalanche de brochures : il y
en a pour, il y en a contre le pape ; il y a vingt fois la même
sous des titres divers et avec d'autres couvertures : c'est du bro-
cantage élégant. Michel Levy, qui compte de bons ouvrages, ne
compte pas assez avec les rééditions de tout format et de tout prix :
au rabais le roman ! l'histoire et la poésie, au rabais ! La librairie
académique de M. Didier porte un nom qui me crispe : académique ! c'est-à-dire pompeux, solennel, officiel ! une enseigne
précieuse et gauche, comme celle des magasins où vous lisez :
Spécialité pour enfants ! C'est là, en effet, la spécialité des livres
orthodoxes et ennuyeux. Jusqu'à leur couverture blanche, em-
blême de leur innocence, les livres dits académiques me repous-
sent au lieu de m'attirer ; ils me font l'effet d'une ironie et d'une
épigramme ; d'une ironie à l'adresse des auteurs qui n'ont pas
écrit que des chefs-d'œuvre, quoique de l'Académie ; d'une épigramme à l'adresse des lecteurs qui ne seront jamais des acadé-

miciens. M. Firmin Didot est imprimeur de l'Institut : ce qui est mieux ; et M. F. Didot est un des grands noms dont s'honore l'industrie. Ceux qu'il édite sont dignes d'appartenir, appartiennent ou appartiendront à l'Institut. Hélas ! M. Didot m'imprimera-t-il jamais ?

Si j'étais imprimé par M. Hachette !....

Entre le boulevard des Ecoles, la rue Hautefeuille, la rue Pierre-Sarrazin et le boulevard Sébastopol, s'élève un quadrilatère immense, un palais sur deux de ses façades : les autres suivront de près et s'harmoniseront avec le reste. Ce quadrilatère sera un jour, et ce jour n'est pas loin, la librairie du monde et de M. Hachette. Il en part des livres pour l'univers entier ; il y arrive, de tous les coins de l'univers, des livres choisis, excellents parmi les meilleurs. Les anciens y ont leurs Champs-Elysées ; les modernes y vivent au sein d'une atmosphère également pure et vivifiante. Et le maître, faut-il dire le maître ? l'hôte bienveillant, éclairé de tous ces nobles génies ou de ces généreux talents, M. Hachette ordonne, dispose et règle, comme s'il était l'élu de tous ces grands hommes pour conserver leur gloire et préparer celle de leurs héritiers. C'est un beau royaume que celui-là : c'est le royaume de l'intelligence.

Approche, enfant ! Demain tu entreras dans la vie ; demain tu commenceras ce long apprentissage des études qui n'est qu'un joyeux début, tu le sauras : voici le bon Lhomond, et un *Epitome* tout plein de notes, et des grammaires qu'on a faites exprès pour toi, qui seront claires et simples, si elles ne sont pas amusantes. Pour ton dimanche et ton jeudi, voici des contes, des histoires, un journal que des pères de famille ont écrit en pensant à toi ! Approche, jeune homme ! il te faut des livres sérieux, où ton cœur ait à gagner comme ta raison ; choisis parmi tous ces travaux illustres de l'histoire, de la critique, de la science ! Vieillard, veux-tu les chefs-d'œuvre qu'épelait ton enfance ? veux-tu ceux d'à-présent ? Les fils valent les pères, et ton estime, ton sourire seront un encouragement aux derniers venus. Jeunes filles, jeunes mères, vous que l'on oublie quelquefois, venez aussi ! nous avons pour vous des œuvres délicates et pures, honnêtes et profondes !....

Ah ! le beau catalogue j'aurais fait il y a quelques semaines en me promenant dans ces galeries ! Voici M. le duc de Saint-Simon dans toute sa gloire, rajeuni et fier comme en 1700, quand il avait vingt-cinq ans. A côté de lui, ce plébéien de Voltaire qui pousse son éclat de rireaigu et sonore, à voir les prétentions de l'orgueilleux duc et pair. Saint-Simon le bâtonnerait bien comme a fait Sully, si les générations nouvelles ne protégeaient le Roi Voltaire. Ses trente-deux volumes sont les trente-deux dents, toujours blanches et solides, avec lesquelles il a mordu et broyé tant de préjugés et d'erreurs. Rousseau et Montesquieu lui porteraient secours au besoin, celui-là avec son infanterie un peu lourde du *Contrat social*, celui-ci avec son escadron léger des *Lettres persanes*. Mais qu'est-ce que cela, le dix-huitième siècle ! Toute l'antiquité est là, en rangs pressés : les écrivains de Richelieu et ceux de Louis XIV occupent ce quartier, quartier de la noblesse. Cette salle est aux Anglais : Thackeray et Ch. Dickens ont reçu le droit de cité ; et celui qui le leur a octroyé, l'excellent Lorain, s'est endormi à l'ombre de leur gloire ; son cyprès se mêle à leurs lauriers. Voici toute une galerie à l'Allemagne : Schiller et Gœthe y ont trouvé un splendide accueil ; et ils rayonnent parmi nos Français dans toute leur gloire : l'Allemagne peut et doit nous les envier aujourd'hui : elle doit au moins nous féliciter et remercier le savant illustre qui a raconté d'une façon si éloquente la vie de Schiller, et donné à la France une telle copie qu'on la prendrait pour un original. L'Italie, le Portugal, la Russie, toutes les nations sont représentées : Dante et Camoens sont devenus français.

Que dire des Français eux-mêmes ? L'abbé Bautain et le général Daumas s'y coudoient ; G. Sand et Michelet ont écrit pour la bibliothèque variée leurs œuvres les plus nouvelles et les plus charmantes, *Jean de la Roche* et *l'Oiseau ;* Hugo est imprimé tout au long, et dans une édition qui se donne plutôt qu'elle ne se vend ;

Bayard et son joyeux théâtre ; Saintine et sa douce élégie de *Picciola ;* Taine et ses idées fécondes habillées d'un style si nerveux et si original ; Ed. About, avec le *Roi des montagnes* et sa *Grèce contemporaine* qu'il aurait bien tort d'échanger contre la couronne d'Othon, — et tous ceux que je pourrais nommer, que je ne nomme pas, de Sainte-Beuve à Nisard, de J. Simon à Lamartine. Quelle liste ! quels noms ! M. Bouillet, et l'excellent *Dictionnaire d'histoire et de géographie ;* M. Belèze, et ce livre de la Vie pratique, un des meilleurs qu'on ait imaginés et rédigés ; M. Vapereau, et le *Dictionnaire des Contemporains :* toute une bibliothèque en trois volumes ! J'oublie les écrits périodiques, les revues, les journaux, les éditions de luxe, les illustrations : comment tout dire ? Mais comment ne pas dire que l'art typographique et la gravure sur bois ont produit dans ces derniers temps deux chefs-d'œuvre, l'*Eté à Bade* et l'*Enfer du Dante !* Qui n'a pas lu Amédée Achard ? qui n'a pas admiré G. Doré ?

Il faut se taire après cela. Dante a trouvé son Michel-Ange, et Michel-Ange, son Médicis.

Laurent de Médicis occupe au second étage de la librairie un petit salon vert, modeste et discret asile, où nos premiers écrivains trouvent toujours une généreuse hospitalité ; où les vétérans de la littérature sont reçus avec cordialité ; où les conscrits sont accueillis, je le sais, par une amitié aussi bienveillante qu'elle est illustre.

SIXIÈME EXCURSION.

Le Jardin Mabille et le Théâtre de Guignol.

« Mon cher monsieur Davin,

« J'entreprends aujourd'hui une excursion un
« peu périlleuse au début, mais qui finit gaî-
« ment : je cherche un compagnon de route,
« homme de cœur, de sens et d'esprit.
« Voulez-vous venir avec votre tout dévoué,

« EMILE BOISSIÈRE. »

Quand j'avais vingt ans (hélas ! il y aura bientôt vingt ans que
je ne les ai plus); à cet âge heureux des passions sans frein et
des espérances sans regret; à cet âge où la seule sagesse est de
n'en avoir pas, dit la chanson, et où le verbe aimer, le plus
irrégulier des verbes, n'a qu'un présent, sans passé ni futur ;
quand j'avais vingt ans, j'allais où va la foule et où court la jeunesse, aux fêtes, aux spectacles, aux bals.

Un jour, en un pré de moines passant, l'âne y tondit la lar-
geur de sa langue : il avait faim. Un soir que je n'avais plus
faim, je suppose, « l'occasion, l'herbe tendre et quelque diable
aussi me poussant, » j'entrai au Jardin Mabille. « Je n'en avais
nul droit, puisqu'il faut parler net, » que celui de tout jeune
homme qui a trois francs dans sa poche. Je fus ébloui, étourdi,
fasciné, charmé ! L'orchestre était excellent, l'éclairage splendide, et les femmes.... elles étaient toutes honnêtes et toutes
jolies puisque j'avais vingt ans. A entendre, à regarder, à réjouir mes yeux et mes oreilles, la soirée fut vite passée et me
parut courte ; et puis, l'imagination aidant sans doute (un bon
dîner fait le cœur et l'esprit bons !) je trouvai que les plaisirs de
ce grand jardin avaient quelque chose de vif et d'animé en
même temps que d'élégant et de champêtre.

Je ne répondrais pas que c'était là l'idée de tout le monde ;

mais j'affirmerais bien que tout autour de cette gaie rotonde où chante l'orchestre, on dansait, et vivement. Si ce n'était pas Vénus Cythérée qui conduisait les chœurs, c'était un certain M. Chicard ; et je ne sais pas quelle était l'influence de ce joyeux corybante, mais tout ce qui s'agitait autour de lui avait l'air de s'amuser et s'amusait en effet. Toute cette jeunesse y allait bon jeu, bon argent, et M. Musard recevait de véritables ovations, quand un quadrille bien enlevé ou quelqu'une de ces valses entraînantes donnait aux couples haletants le temps de respirer. Ou mes souvenirs me trompent après mes impressions, ou c'était là de la joie, de l'entrain, de la jeunesse. Les curieux étaient là plus rares que les danseurs, et les sages plus rares que les fous. Les fous avaient raison.

Les temps sont bien changés, le bal Mabille aussi.

. Aujourd'hui à Mabille, au Château des Fleurs, au Casino-Cadet, le bon ton est de ne plus s'amuser : on sait qui le donne. On se promène, on regarde, on cause ; quelquefois on fait cercle autour d'un quadrille perdu au coin de la salle ou dans l'ombre du jardin : là deux femmes débraillées, illustrations chorégraphiques et autres avec deux Vestris éhontés et gagés qui couche-ront au violon, sinon dans la rue, exécutent leurs pas les plus hardis et leurs plus audacieuses voltiges. Le sergent de ville tourne le dos pour ne pas se voiler la face ! Les hommes sont là à titre de comparses, Théramènes donnant la réplique à des Phèdres qui ne sont pas comme l'épouse de Thésée « malgré soi perfide, incestueuse » ; ces dames, puisqu'elles osent prendre ce nom, ont le grand rôle, la tirade à effet, c'est-à-dire le coup de pied magistral. J'en ai déjà parlé à propos des théâtres : le su-prême de l'art est d'atteindre et de renverser avec le pied, le chapeau de son vis-à-vis, en présence du public ému. Ce talent se propage et Rigolboche a maintenant des rivales : le XIXe siècle enregistrera plus d'une gloire.

Je ne connais rien d'aussi laid, d'aussi triste, d'aussi odieux, d'aussi fétide que ces bals. Autrefois c'était une fièvre de plaisir qui emportait la jeunesse dans un gai tourbillon ; aujourd'hui la jeunesse, lymphathique de corps et d'âme, se débauche à froid et s'amuse à s'ennuyer. Je voudrais me tromper. Car c'est un spectacle navrant que celui-là ; et quoique ce soit mal choisir la scène et les personnages pour juger l'ensemble, il n'en est pas moins vrai qu'on peut surprendre, jusque dans un bal public, un indice, un symptôme, et, par une induction facile, formuler déjà une sorte de jugement général sur la jeunesse et les mœurs d'à-présent. Je sais bien ce que les jeunes gens me répondront, ceux-là surtout qui ont lu Horace, (car le latin sert à quelque chose) : « Vous louez le temps qui n'est plus et vous blâmez ceux qui sont jeunes parce que vous avez cessé de l'être. » Ce n'est pas là, non, une raison vaine ou spécieuse : les points de vue changent avec l'âge ; et soit que la raison ait vraiment raison un jour, soit que la mémoire s'en aille ou se trompe volontairement pour en imposer aux autres, nous jugeons très-différemment à vingt ans ou à quarante, en croyant toujours être dans le vrai. Ainsi pensaient nos pères, ainsi penseront nos fils. Aussi n'est-ce pas sur un souvenir vague ou sur une simple idée que je voudrais appuyer mon jugement, mais sur des faits ; et quand j'accuse la jeunesse, tout prêt, d'ailleurs, à l'excuser et à la défendre, je ne le fais que parce que ses défauts s'aggravent, à mon sens, d'une certaine hypocrisie qui est la faute du siècle autant que la sienne. Nous sommes pratiques, et nous nous vantons de l'être ; positifs, et nous en sommes fiers ; matérialistes, et nous crions aux bienfaits du matérialisme. Est-ce là un fait ? une vérité ou une rêverie ? un vice du temps ou une erreur de mon imagination ?

Esope disait à son maître que la langue est la pire chose du monde et la meilleure. Eh bien ! l'industrie est peut-être aussi le plus grand de tous les bienfaits et le plus grand de tous les fléaux : ce qu'elle donne en bien-être, elle l'empêche en bien-faire ; et tandis qu'elle multiplie les jouissances du corps, elle supprime, diminue ou altère les jouissances de l'âme. Que sont

4

devenues, dites-le moi, ces deux sources vivifiantes de l'âme humaine, l'art et la poésie? Et qu'on le sache bien, qu'il n'y ait point de méprise, je n'entends pas par poésie une stérile versification, ni par art le goût frivole des tableaux ou des statues : étendons le mot, comprenons le sens, d'une part toutes les inspirations généreuses du génie, de l'autre toutes les grandes et nobles émotions du cœur, et ensemble toutes les fortes aspirations de l'homme vers un idéal qu'on appelle Dieu. Qu'est-ce que cela est devenu, je le répète? on a tant de fois fait et refait pour notre temps la satire du veau d'or qu'on n'ose plus y revenir : et, pourtant, où est le mal, sinon là? Gagner de l'argent, avoir de l'argent; tel est le but assigné à la vie humaine. Eh! oui, gagnons-en; et, surtout, ayons-en : car c'est le vrai moyen d'en gagner; mais ne lui sacrifions pas tout le reste. Aimons nos mères, si elles sont pauvres; choisissons nos femmes pour leurs vertus et non pour leur dot; faisons la charité par amour et non par ostentation; estimons les hommes ce qu'ils sont et non ce qu'ils rapportent; croyons à Dieu, enfin, à Dieu qui nous a donné une âme et qui ne nous donnera jamais de rentes peut-être!

Voilà ma poésie! Et, je le demande encore, est-ce là ce qu'apprend la jeunesse et ce qu'elle estime? En théorie, oui peut-être; en pratique, non, et mille fois non. Elle ne pense guère à Dieu, ne se soucie pas des hommes; et elle se marie, quand elle s'est bien endettée, pour payer ses créanciers; quand elle n'a pas le sou, pour vivre bien à son aise. L'amour est-il donc un mensonge de dix-huit siècles? la gloire, une folie? Et dirais-je avec ce personnage de la comédie : « l'honneur, souvenir de jeunesse! »

J'aime mieux dire avec Sosie : « Où diable mon esprit prend-il ces gentillesses? » Et, de fait, voilà une belle occasion de moraliser que de parler du bal Mabille! oui, vraiment. C'est que lorsque j'y suis retourné avec des rides au front et des cheveux blancs, j'ai été singulièrement frappé et attristé de cette joie morne et de cette gaîté funèbre que l'orchestre ne réveillait plus.

Savez-vous qui dansait encore? C'était le vieux Chicard, le même Chicard, d'il y a vingt ans, un septuagénaire qui a peut-être des petits enfants! quel spectacle! Un peu plus loin, à l'Hippodrome, Madame Saqui dansant sur la corde raide, à quatre-vingt-trois ans! à Mabille, un aïeul surveillé par un sergent de ville! ici, un public s'exposant à voir se tuer une pauvre vieille femme! Des deux parts un public exposé à mépriser la vieillesse.

O Murger, qu'aurait dit votre âme tendre à ces funérailles de la jeunesse! ô Rodolphe! ô Marcel, fils de la poétique Bohème, fantaisistes aimés de notre vingtième année, qu'auriez-vous dit à voir vos successeurs si avares ou si honteux de leurs cœurs; sérieux et secs, comme un agent de change en péril, inscrivant au doit et avoir de leur jeunesse des passions frelatées comme le petit vin bleu que vous aimiez tant et des remords douloureux et sans excuse! Et vous, Mimi, vous, Musette, dont les belles dents blanches et fraîches mordaient si gaiement aux radis du café Momus, que diriez-vous à ces beaux messieurs sans esprit ni gaîté, qui vous donneraient un cachemire et pas une bonne parole; des rentes, et pas un brin d'affection ou de reconnaissance?

Ah! l'enfance est autrement constante dans ses goûts, et fidèle, et bonne! ouvrant toujours, comme il y a vingt ans, « son âme à la vie et sa bouche aux baisers! » C'est Victor Hugo qui a dit cela! Et ses yeux donc! allez voir comme elle les ouvre encore aux mirifiques exploits de Polichinelle. C'est aux Champs-Elysées, sur le chemin même de Mabille, que le théâtre de Guignol attire et fixe chaque jour tout un petit monde alègre, joyeux et dispos. Point d'avant-scènes! ni de fauteuils réservés! partout le même banc! Hors de l'enceinte, pas de privilége, et la place au premier occupant, laquais de grande maison ou simple nourrice, membre de l'Institut ou sapeur de la garde! Car l'enfant appelle toujours la bonne, et la bonne, le troupier!

Silence au parterre! la toile se lève, et cette voix rauque et nasillarde, qui amusait tant Charles Nodier, a retenti derrière la coulisse. C'est lui, l'immortel et toujours souriant Polichinelle, armé de son bâton vengeur. Il chante son gai refrain qu'on n'entend guère et qui, tout de même, fait rire ; il frappe à la porte, appelle sa femme, et la comédie commence....

Il faut bien l'avouer ; de ce couple perfide

J'avais presque oublié l'attentat parricide...

Ce n'est pas précisément du Racine qu'on va jouer ; mais ces deux vers m'ont traversé l'esprit, tandis que je m'apprêtais à raconter le crime de Polichinelle. C'est qu'en effet voilà bien longtemps qu'il tue régulièrement sa femme, et plusieurs fois par jour ; voilà si longtemps que l'assistance, au lieu de s'en effrayer, s'en amuse ! ça n'est pas moral ;... mais qu'y faire ? Madame Polichinelle est la personne la plus vivante que je sache de celles qui ont été assassinées depuis plus d'un siècle. Et puis son homme lui administre si joliment sa dose, v'lan ! et vous lui tape si proprement sur la tête, v'lan ! et vous l'assomme de si grand cœur que la pauvre créature n'obtient pas même un semblant de pitié dans toute la société : Polichinelle chante et les spectateurs rient !

Mais voilà le commissaire, tout de noir habillé ! on dirait d'un jeune homme qui va au bal. Respect à la loi ! ah bien, oui. Polichinelle déchire le code conjugal ; et, du code criminel, il assomme les commissaires. C'est un odieux coquin ; et l'enfance de Jud a dû être bercée à ces abominables jeux ! Aussi bien, il faut l'entendre chanter (je parle de Polichinelle), quand les cadavres sont là, couchés l'un sur l'autre, attendant les honneurs de la sépulture... Et il jabote, et il saute, et il rit comme un bossu... qui cesserait de l'être ! Il est belliqueux, ce satané Polichinelle, que c'est un plaisir ! et il est gai, que c'est une honte ! Enfin on le mène à la potence, et tout à l'instant, il va passer de vie à trépas ! car il faut que la fable ait sa morale et que la vertu soit récompensée... Joliment ! depuis qu'il existe, Polichinelle a été pendu tous les jours, et il vivra bien longtemps après que je serai mort, moi qui n'ai pas encore été pendu, même une fois ! .. Et cela, pour prouver contre Aristote et pour démontrer à messieurs les prédicateurs, professeurs et moralistes que le théâtre n'est pas fait pour instruire, mais pour amuser !

On a voulu établir, aux Tuileries, un Guignol moral, un Guignol lettré, un Guignol-Montyon ! Savez-vous ce qui est advenu ? que Guignol n'a pas eu de public... Le comédien ordinaire de S. M. l'Enfance veut ses coudées franches et ses libres allures ; il les a reprises aux Champs-Elysées, et le voilà qui chante de plus belle l'horrible chanson : *Gai, gai, gai, de profundis, ma femme a rendu l'âme !* Et le voilà qui assomme avec une énergie toujours croissante le magistrat qui s'y résigne de bon cœur... Ça n'est pas beau, mais c'est amusant !

Je n'irai plus à Mabille, mais je retournerai à Guignol.

Est-ce parce que la cinquième année ne laisse que les bons souvenirs ; tandis que la vingtième fait naître les pénibles regrets ? Est-ce parce qu'il y a là une joie toujours franche et là des plaisirs toujours faux ? Est-ce parce qu'en s'éloignant du terme, le lointain s'efface dans une brume charmante et dorée, tandis que les derniers plans accusent leurs inégalités choquantes et leurs âpres reliefs ? Est-ce parce qu'on aime les enfants d'une affection vraie et profonde, sans trouble et sans arrière-pensée, tandis que la jeunesse, dont on se croit près jusqu'au terme fatal, réveille sans cesse nos désirs assoupis, nos regrets et notre envie ?

Graves questions, que je résoudrai à la première représentation, où j'irai, de mon vieil ami Polichinelle !

SEPTIÈME EXCURSION.

Le petit commerce. Caton et les épiciers : Vera rerum vocabula. Industries
d'autrefois, enseignes d'aujourd'hui.

Caton, un ancien, qui apprenait le grec à quatre-vingt-sept
ans et qui parlait latin pour la plus grande commodité de ses
collègues, Caton raillait un jour son siècle en ces termes : « *Jam*
« *pridem vera rerum vocabula*..... voilà longtemps que nous avons
« perdu le vrai sens des mots : prodiguer le bien d'autrui s'appelle
« libéralité ; l'audace dans le crime s'appelle courage ; et voilà
« comme la République est tombée si bas ! » Je serais bien curieux de savoir ce que Caton dirait aujourd'hui, s'il se promenait
dans les rues de Paris, et qu'il sût le français.

Voulez-vous supposer un moment que Caton, méfiant comme
un Anglais et positif comme un Américain ou comme un Romain,
fasse lui-même et sans conseil ses petites affaires, ses achats du
jour et ses provisions du lendemain ? La supposition ne sera pas,
comme on le croirait peut-être, si attentatoire à la vérité : le vertueux Romain était le plus grand Fesse-Mathieu de son temps.
J'aurais dit le mot en latin, si je l'avais su. Caton retrousse sa
toge, prend son panier et part.

Il a faim, et il est sobre : il lui faut tout simplement son petit
café de chicorée, comme le prenait la plus vulgaire des portières,
au temps des portiers : c'est comme qui dirait au temps heureux
de la chevalerie. Caton, qui ne fait rien sans réflexion, ne commence sa tournée qu'après ce monologue : « Pour prendre son
« café au lait, il faut onze grammes de café, Bourbon et Marti-
« nique mélangés, avec une ou deux pincées de chicorée ; cent
« cinquante grammes de lait pur ; cinq centimes de sucre, du
« beurre... du beurre? non, pas de beurre : celui de table est
« trop cher et celui de cuisine est trop mauvais. Il faut encore un
« petit pain tendre, quoique le pain rassis.. enfin, va pour du

« tendre. En route donc, ami Caton, et partons du pied gauche ! »
Quand il se parle à lui-même, Caton se donne toujours des petits
noms d'amitié. Comme il est descendu au grand Hôtel du Louvre
(un sénateur ne pouvait pas faire autrement !), il commence par
arpenter les galeries Rivoli, du Palais-Royal à la rue de l'Oratoire et des Tuileries au ministère de la marine, sans voir une
enseigne d'épicerie. « C'est étrange, pense-t-il, car j'ai remarqué
« bien des visages que j'aurais pris pour des visages d'épiciers ;
« sans doute que c'étaient de nobles étrangers perdus comme
« moi dans le quartier. Cherchons ailleurs. » Il prend la rue Cas-
tiglione, traverse la place Vendôme sans daigner seulement lever
les yeux sur la Colonne ; après tout, il est Romain et ne peut pas
être bien fier quand il la regarde... Le voilà en plein boulevard.
« Par Hercule ! s'écrie-t-il au bout d'un certain temps, mais il
« n'y a pas plus d'épiceries sur le boulevard que sur ma main ;
« et pourtant je suis sûr d'avoir rencontré des visages !... Il faut
« croire que ceux-là sont de hauts fonctionnaires en retard. Oh !
« oh ! voici la rue Richelieu, une rue de gros et de petit négoce,
« si je m'en souviens ; je trouverai là mon affaire. Sacristi !...,
« non, par Pollux ! j'ai horriblement faim, cette course m'a
« creusé ; je mangerais volontiers un vieil esclave, si j'étais sur
« mes terres... Voyons ! qu'est-ce que c'est que cette maison-là ?
« Une maison de confection ; passons. Un chemisier ! un second
« chemisier !... un troisième ! mais c'est donc ici la chemiserie
« de l'Europe — Magasin de modes — Modiste — Denrées colo-
« niales — Ah ! nom d'un petit bonhomme, non, je voulais dire
« *Proh Deûm fidem !* voilà une belle boutique ! Serait-ce le palais
« de l'Industrie ? Denrées coloniales ! Et je n'ai pas-là mon dic-
« tionnaire. Regardons un peu : des fruits superbes ! des conserves,
« des oranges, des grenades ! Voilà du chocolat, des pralines !
« Voilà de la bougie ! mais la bougie n'est pas, ce me semble,
« une denrée ; la chandelle ! à la bonne heure... Et puis c'étaient
« les épiciers qui vendaient autrefois la chandelle et la bougie :
« je suis dérouté. Denrées n'est, pourtant, pas synonyme d'épi-

« cerie, si je n'ai pas oublié mon latin, je veux dire mon fran-
« çais... Décidément j'y perds mon français, je veux dire mon
« latin... Pardon, monsieur, seriez-vous assez complaisant pour
« m'expliquer cette enseigne? quel est le sens exact de ces deux
« mots : denrées coloniales? » — Le passant interpellé dévisage
Caton, hausse les épaules, et s'éloigne en lui jetant d'un ton
goguenard ces quatre mots : « En voilà un épicier ! » Caton, fier
de sa perspicacité, remercie le grossier cicérone d'un sourire,
accompagné d'un obligeant : *vale* ; et tandis que l'autre se retourne, croyant qu'on le traite de laquais, Caton entre et fait
son marché.

J'ai fini avec l'histoire. Assurément, je suis beaucoup plus
jeune que Caton, qui aurait aujourd'hui dix-neuf cent cinquante-
quatre ans ; et je déclare que je me suis trouvé quelquefois aussi
embarrassé que lui. Je sais le français, cependant ; je crois, du
moins, le savoir. On se trompe si souvent ! Ne viens-je pas de
confondre le Caton de César avec son arrière-grand-père ? Voyez
donc. Eh bien, oui, plus d'une fois, dans mes tournées pari-
siennes, j'ai connu le doute et l'hésitation. Ne riez pas, monsieur!
Si vous vouliez dîner, par exemple, et qu'on vous recommandât
la Taverne-Lucas ou le Bouillon-Duval, que diriez-vous? Une
taverne! un bouillon! je ne connais pas M. Duval ; mais entre le
Bouillon de M. Duval et un bouillon de bœuf, je n'hésiterais pas.
Comme je vous conduirai, l'un de ces jours, dans les divers établissements où l'on est censé dîner, contentez-vous de savoir
aujourd'hui qu'une taverne et un bouillon sont synonymes de
restaurants.

Le rez-de-chaussée de toutes les maisons était naguère occupé
par un portier : la mythologie et M. Eug. Sue avaient en quelque
sorte consacré le type avec la double création de Cerbère et de
Pipelet. Cerbère est mort, Pipelet est mort, mais les concierges
aboient toujours. Ils aboient quand on reçoit beaucoup de lettres
et beaucoup d'amis ; quand on sort de bonne heure et quand on
rentre tard ; quand on défend à ses domestiques de lier avec

eux conversation ou qu'on leur recommande de bien fermer la
cave au bois et la cave au vin : quand on ne donne pas d'étrennes
suffisantes : en quoi on les mécontente toujours. Le concierge,
aussi bien, a répudié le titre d'autrefois, mais aucune des habitudes quémandeuses et des prétentions exorbitantes de ses de-
vanciers. Il a fait de sa loge un salon, mais il accepte toujours
la bûche traditionnelle du locataire : la différence est qu'il en
demande deux au lieu d'une, et qu'il en prend cinq au lieu de
trois. Le portier était, dans les petites maisons, cordonnier ou
tailleur : maintenant il est propriétaire, actionnaire, rentier. Il
ne fait rien, à telles enseignes que parfois, le soir, quand vous
revenez du spectacle, il ne tire même pas le cordon. Bien entendu
que je ne parle pas du portier de ministère, le plus insolent de
tous les bélîtres, plus fier que Son Excellence même, plus plat...
qu'une limande : c'est un poisson que j'exècre; et il ne m'est
pas venu à l'esprit d'autre comparaison.

La cuisinière allait autrefois à la laiterie, il n'y en a plus; il y
a des crèmeries : mais le nom ne fait rien à l'affaire. La cuisinière pourrait tout aussi bien aller droit à la fontaine : c'est plus
pur et plus sain. Croyez-vous qu'il existe encore des fruitiers, à
Paris? allez-y voir. Il y a des verduriers, qui vendent absolument
ce que les fruitiers vendaient : ils ont cru devoir seulement
hausser les prix, vu leur dignité nouvelle et le titre qui ennoblit
toujours le métier. « Monsieur le verdurier, un bouquet de
« persil! une tête de chou, s'il vous plaît! Monsieur le verdurier,
« des navets! » Respect au verdurier, puisque verdurier il y a.
Tout change, tout passe ! Les plus belles choses ont le pire des-
tin! ainsi des meilleures. Je vous adjure ici, ô mes vieux camarades d'Henri IV, rappelez en votre mémoire ces bonnes soirées
d'automne ou d'hiver, soirées trop rares, hélas ! où l'on nous
conduisait aux bains chauds de la Samaritaine. Une promenade
de plus, une étude de moins; et, ce qui est bien quelque chose,
un bain et de la propreté... pour trois mois! C'était beaucoup
déjà, ce n'était rien encore. De l'air et de la liberté, c'était-là le

beau ! De la liberté aux rayons discrets de la lune, c'était-là le rare ! L'espérance enfin, si nous fermions la marche, la folle et voluptueuse espérance de fumer un cigare qui nous faisait mal..., c'était-là le rêve indicible, l'idéal ! Mieux encore : à la faveur de la nuit, *dono noctis,* on pouvait, en longeant le Pont-Neuf, sortir des rangs, gagner une des boutiques connues, et, victorieusement, rapporter aux camarades, dans un papier bien gras, des pommes de terre frites et des beignets brûlants. Je vous défie bien d'en acheter à-présent, au Pont-Neuf ou ailleurs. Notre siècle aristocratique a tué cette industrie ; ou du moins, interdit au frugal écolier, le légume s'est exilé dans la friture d'une honteuse arrière-boutique de rôtisseur. Et l'on parle de progrès ! ô Parmentier, pardonnez à mes concitoyens, ils ne savent pas ce qu'ils font.

La Révolution a moins tué d'idées que l'Industrie de mots. Et, du grand au petit, c'est incroyable tout ce qui a changé, passé, péri. Deux hommes sont restés debout sur la brèche au milieu des ruines, invulnérables aux coups du sort, inébranlables aux quatre souffles de l'innovation, le grand Galabert et le bon Godin.

Le premier trône toujours dans son salon de coiffure, rue Basse-du-Rempart : vif et pétillant comme à vingt ans, adroit et leste comme Figaro, et comme lui bavard, il n'aura jamais d'enseigne et se rit d'un sien confrère de la Madeleine qui s'intitule « artiste capillaire. » Galabert est l'homme le plus fort à la réplique et le plus habile à la coupe; Grisier de la frisure, il vous coiffe en un tour de main et vous a plus tôt posé dix papillottes que M. Méry n'a fait vingt vers. Car, pour rien au monde, Galabert ne se départirait de son système de papillotes ; et quand le client en devrait crever de rage ou de rire, au moment voulu, il aura la tête toute hérissée de petits papiers noirs tortillés qui lui donneront à réfléchir sur la laideur approximative de Méduse : mais aussi, en un quart de seconde,

Le papier tombe, l'homme reste,
Et le gandin s'épanouit !

Godin est plus sérieux, quoique plus jeune et très-épris de son art. Il est l'élève du célèbre Gaudu, l'homme précis, exact, judicieux plutôt qu'inspiré, classique pour tout dire; comme son maître, Godin est sage, mais il est éclectique, il aime Racine et applaudit Victor Hugo. La preuve, s'il fallait des preuves, c'est les agrandissements et les embellissements qu'il a faits chez lui, malgré Gaudu. Il a maintenant l'un des plus coquets salons du quartier latin, et, ce dont je lui sais gré surtout, un confortable parfait : de bons fauteuils en cuir et du linge magnifique. C'est peut-être la maison de tout Paris, sans excepter Galabert, où la toile est la plus fine et la plus blanche, les peignoirs d'une bonne coupe et d'une irréprochable propreté. C'est un grand point chez un coiffeur et qui se remarque. Il est vrai qu'il y a là une femme entendue pour présider aux menus détails que j'appellerai de ménage : madame Godin n'a eu qu'une rivale en ce genre, madame Gaudu. Bien des générations d'étudiants en droit et en médecine, d'élèves de l'Ecole normale ou de l'Ecole polytechnique se rappelleront Gaudu et Godin. En tout cas, le maître et l'élève n'oublieront personne, et ils n'ont pas tenu un client par les cheveux qu'ils ne l'aient inscrit dans leur cœur. Toutes les fois que je retourne à Paris, une de mes premières visites est au n° 4 de la rue Racine, et je suis sûr d'être bien accueilli : et lors même que je n'aurai plus de cheveux, j'irai voir encore la place « où fut Troie, » non, ce n'est pas la citation que je voulais faire, j'irai voir la place où tombèrent les plus belles mèches de mes cheveux noirs... *quo tondente, gravis juveni mihi barba sonabat!*

Dans le grand mouvement de rénovation qui fait de ma vieille capitale une jeune ville; dans ce remaniement universel, cette révolution des choses et des hommes, ce n'est pas rien, ô lecteur, que de retrouver quelque chose d'ancien, de stable et de connu! Tel palais du boulevard Sébastopol ne vaut pas la petite maison de la rue de la Harpe où j'avais un ami, et ç'a été une de mes joies de revoir encore debout la maison où est né mon frère. Je ne sais pas si les murs ont des yeux : mais les pierres, les arbres

peuvent avoir une âme ou, du moins, parler à la nôtre un lan-
lage muet, éloquent et tendre. La vie a ses étapes : qui de nous
ne voudrait repasser par le chemin d'autrefois, joies ou douleurs?
Tout est près de se confondre dans un oubli cruel, la pire de
toutes les morts!... Mais me voilà bien loin des fantaisies de mon
début, et Caton rirait bien de cette élégie.

Il n'en est pas moins constant que les laitiers ne vendent plus
que de la crème; que les fruitiers s'appellent verduriers; et les
épiciers, fournisseurs de denrées coloniales; que les portiers sont
des concierges; et que « nous avons perdu le vrai sens des mots,
vera rerum vocabula! » Ce qu'il fallait démontrer. Et voilà
comme la France est la reine des nations, selon Perrichon et
selon   *Émile Boissière.*

HUITIÈME EXCURSION.

Les agences matrimoniales. — Industrie du bonheur (s. g. d. g.)

> Et Jacob aimait Rachel, et il dit à Laban :
> je te servirai sept ans pour Rachel, ta plus
> jeune fille....
> Jacob donc servit sept ans pour Rachel, qui
> ne lui semblèrent que comme peu de jours
> parce qu'il l'aimait....
> Et il aima plus Rachel que Léa, et il servit
> chez Laban encore sept autres années.
>   (GENÈSE XXIX, 18, 20, 30.)

Le monde était bien jeune encore quand les cousins aimaient
assez leurs cousines

        Pour payer leur amour de quinze ans d'esclavage !

C'est André Chénier qui a fait ce vers et cette faute de calcul,
sept et sept n'ayant jamais fait que quatorze, même en Egypte,
même au commencement du monde! Je suppose que Jacob y
regarderait aujourd'hui à deux fois, avant de s'engager pour

quatorze ans : en tout cas, il pourrait exiger de son futur beau-
père un brevet de constance qui ne lui serait contesté par aucun
rival ; disputé, bien moins encore. Soyons justes pour nous,
cependant : si nous devions tous attendre quatorze ans pour
nous marier, à part même la question de domesticité qui ajoute
singulièrement au mérite de Jacob, beaucoup risqueraient d'être
veufs ou morts avant le cinq-mille-cent-dixième jour fixé pour
leur bonheur ; et je ne compte pas les années bissextiles ! Eût-on
même la certitude de vivre jeune très-longtemps, grâce à l'in-
vention et aux recettes de M. Flourens, on n'oserait pas, je dis
les plus amoureux et les plus téméraires, s'engager à faire une
cour de quatorze années. Les inconvénients, y compris celui de
la mortalité, sont si évidents que je crois inutile d'insister davantage. Félicitons donc Jacob, et pardonnons-nous de ne pas
l'imiter !

Si Jacob se moque de nous « du haut des cieux, sa demeure
dernière, » Jacob n'est ni charitable ni juste, à moins qu'il ne
soit très-myope et qu'il ne voie pas de si loin toutes les grandes
inventions modernes qui ont si fort bouleversé notre fourmilière,
décuplé nos forces, activé notre vie. La vapeur et l'électricité,
pour n'en citer que deux, ont tout changé, même le cœur ; et,
sans le transporter de gauche à droite où le place Sganarelle,
elles l'ont quelque peu dérangé et troublé dans ses fonctions
morales, après avoir attaqué et désorganisé le cerveau, avec
qui, au temps même de Jacob, il était déjà en très-active corres-
pondance. L'imprimerie, la civilisation, Voltaire, 1789, autant
de fléaux qui ont contribué à nous le gâter, à nous fausser l'esprit, à nous mettre enfin dans la cruelle impossibilité d'aimer
quatorze ans nos fiancées ! C'est affreux, mais il n'y a pas à y revenir : aujourd'hui, tous tant que nous sommes, nous brûlons la
vie, et nos études, et nos amours, et le reste... Dame ! la moyenne
de la vie est de 33 ans, en dépit qu'en ait M. Flourens, le seul
qui vivra peut-être autant que Noé, 950 ans, à titre d'académicien. Cela étant, et la loi, d'une part, défendant à l'homme de

se marier avant dix-huit ans ; la raison, d'autre part, l'engageant à ne pas se fiancer à quatre, et à ne plus se marier à trente-deux, pour une année seulement de bonheur probable, il faut chercher d'autres combinaisons ; et c'est encore l'Évangile qui dit : « Cherchez et vous trouverez. »

Or, voici ce qu'imagina un homme d'esprit, qui estimait son siècle à sa juste valeur : Ce monsieur qui imprime son nom en gros caractères à la quatrième page de tous les journaux, et qui donne des consultations gratuites par la poste, fit un jour cette réflexion sentimentale et peu respectueuse pour ses contemporains : « Le mariage, qui a été longtemps un sentiment, est aujourd'hui une affaire ; ce qu'on appelait autrefois union s'appelle maintenant association. Or, la force de l'association, ce sont les capitaux, et l'amour du capital est le vrai capital de l'amour. Cela est, cela sera, et c'est une excellente chose : car c'est le meilleur symptôme du progrès moral des sociétés. Les mariages d'inclination n'ont jamais eu que les plus déplorables résultats, désenchantements, désillusions, et, parfois même, ou plutôt très-souvent, procès en séparation. Après un certain nombre d'années ou de mois, les époux qui s'étaient unis avec frénésie, se désunissaient avec rage, et d'une ardeur égale, allaient à l'église d'abord, au tribunal ensuite. L'or qui est le nerf de l'intrigue, selon Figaro, sera donc désormais le nœud du mariage et un nœud de tisserand. Je serai le tisserand ! »

Ce monsieur, ayant ainsi parlé, applaudit et agit : il loua un bel appartement dans un des beaux quartiers de Paris ; il loua un bel ameublement, il loua un beau domestique, un bel habit noir, une cravate blanche, après quoi, il se mit à louer son institution dans un prospectus dont la teneur devait être celle-ci : (le prospectus était adressé à tous les célibataires de Paris et de la province, filles sur le retour et vieux garçons.)

« Monsieur, Mademoiselle, sérieusement ému du discrédit où est tombée la plus sainte des institutions, douloureusement atteint dans ma foi et mes sympathies d'homme social, j'ai sondé le grand mystère, et je crois avoir résolu le difficile problème de la civilisation corruptrice et subversive de la morale. Si mes calculs sont justes, si j'ai mis le doigt sur la plaie dont saigne notre malheureux siècle, si j'ai découvert le mal, je crois pouvoir me flatter d'avoir en même temps découvert le remède. Le mal, c'est le célibat; le remède, c'est le mariage. Et dans ma tendre sollicitude pour ceux qui souffrent, je me suis adressé à vous, Monsieur, Mademoiselle, espérant consoler ou plutôt prévenir les chagrins de votre âme. Permettez-moi de vous le dire, vos vertus ne vous appartiennent pas, elles sont à la société ; vous n'êtes pas libres d'enfermer chez vous tant de précieux trésors dont la valeur s'accroîtrait certainement par le partage. Dieu vous les a dispensés pour les répandre.

> Songez-y bien, ce Dieu ne vous a pas choisi
> Pour être un vain spectacle aux gens de ce temps-ci....
> Pour un plus noble usage, il vous a réservé....

Si Racine a dit vrai, laissez-moi ajouter, sans offenser votre modestie, que votre heure a sonné. Ce que j'exige de vous, Monsieur, Mademoiselle, n'est donc que votre confiance. Sans avoir l'honneur de vous connaître, je sais vos vertus, j'en ai déjà parlé dans bien des salons, et depuis que ma voix a retenti, l'écho répète encore votre nom adoré et respecté. Veuillez me continuer une bienveillance que j'ai en quelque sorte conquise à votre insu, et me charger des intérêts de votre avenir et des soins de votre établissement. (Economie et discrétion) Ecrire franco.

Envoyer exactement les nom et prénoms, l'âge (approximatif), la fortune acquise, les espérances...., etc.

P. S. J'ai l'honneur de joindre à cette lettre toute confidentielle les certificats de quelques-uns de mes clients : le comte de Villangoujar, Mlle Follembuche, la baronne de Lügner.... »

Et voilà ce qui s'est dit un jour, ce qui s'est imprimé, ce qui s'est entendu, ce qui s'est lu ! Un homme a ouvert boutique de mariage, et des chalands se sont présentés ! Un charlatan a dé-

bité de la poudre d'hyménée et des badauds en ont acheté !
Certes, M. Vacquerie aurait beau jeu de s'écrier encore : « Cette
parole a été dite, les anges l'ont entendue, c'est effrayant! »,
tandis que Cicéron répéterait à l'unisson, et fort à propos :
O tempora! ô mores! Et cela, cependant, se pratique de nos
jours et prospère! Cela compte neuf années de vie et de succès!
Ces honteux bazars portent enseigne, et d'honnêtes gens ris-
quent tous les jours de coudoyer les fripons qui spéculent ainsi
sur la crédulité, sur la bêtise humaine! Est-il, bon Dieu!
croyable qu'en plein XIXe siècle, au cœur de Paris, une industrie
pareille soit tolérée! que dis-je, tolérée? patronée! que dis-je,
patronée? couronnée de succès et florissante entre toutes! Et
vous avez de braves gens qui s'apitoient sur les pauvres
négresses qu'on vend au marché! S'ils ne s'apitoient pas, ils
vous disent au moins que ce spectacle leur répugne. Je leur demande à ces gens-là, je me demande à moi-même lequel est le
plus repoussant du spectacle de malheureux qu'on vend de force
ou du spectacle de misérables qui se vendent volontairement!

C'est ainsi pourtant : je ne fais ni une déclamation ni une satire; je signale un fait, je lis une affiche. Si ce sont là les bienfaits de la civilisation, soyons plutôt sauvages! Je suis de l'avis
de Jean-Jacques, l'état de nature vaut mieux que cette préten-
due perfection; l'instinct des Hurons est supérieur à notre raison! Qui donc, encore une fois, a encouragé ce genre de commerce? A quoi, à qui sommes-nous redevables de cette hideuse
entreprise? La sottise humaine, qui est aussi vieille que les ser-
pents et que les pommiers, peut compter pour beaucoup dans la
création des agences matrimoniales; les tristes bienfaits de l'industrie doivent compter pour le reste; j'entends ces bienfaits
matériels d'une industrie qui nous livre le bien-être à bon marché et met à bas prix le bien-faire; d'une industrie qui, décu-
plant nos jouissances, en corrompt la source première ou en
détruit le charme souverain, par cela même qu'elle nous donne
ce qu'elle devrait nous vendre. Elle avait bien raison, cette

vieille chanson qui disait : « N'y a pas d'plaisir sans peine !... »
Pour avoir moins de peine, nous avons moins de plaisir, et la
vie facile est celle qu'il faut sans aucun doute le moins envier.
Les périls doublent le charme du voyage, et quelquefois son
mérite.

Nul doute à ce propos ; les courages s'amollissent faute de
lutte, et dans les lâches jouissances d'un bien-être qui ne coûte
rien ou qui coûte peu, les caractères ont vite fait de s'abâtardir.
Si la vie est un combat (ce n'est pas moi qui ai inventé la métaphore), il faut que la victoire exige de nous quelques efforts :
Si nous triomphons comme les Français du Cirque, achetons nos
lauriers chez l'épicier du coin ! Et, de fait, nous ne luttons
guère, et les victoires sans bataille nous accommodent mieux.
Les lauriers du mariage, ou plutôt ses orangers, nous aimons à
les cueillir sans fatigue et sans efforts. L'inventeur du bonheur
conjugal avait donc vu juste, compris son siècle, comme disent
les prospectus, et répondu à l'un de ses besoins. Nous ne prenons plus le temps de vivre, tout en ayant la prétention de vivre
bien et le plus confortablement possible. La vapeur a permis à
tout le monde de voyager, et il n'est pas de portier qui ne con-
naisse aujourd'hui la Suisse et l'Océan : *La belle Jardinière*,
une fée déguisée en tailleur, a métamorphosé l'univers, et les
laquais s'habillent comme les maîtres, quelquefois mieux ; les
habits noirs, par le temps qui court, sont moins rares que les
chemises, et les souliers vernis, moins rares que les chaussettes :
Tout est sacrifié au luxe extérieur, ce grand trompe-l'œil avec
lequel on se flatte de duper les autres tandis qu'on ne dupe que
soi-même. Aussi bien, les premiers besoins satisfaits en engen-
drent de nouveaux : quand l'amour-propre s'est fait sa part, les
autres passions réclament la leur, sinon les passions, ces goûts
trop naturels qui, par la satisfaction comme par l'abstinence, se
développent et deviennent bel et bien les pires des passions :
goût de la table, du spectacle, des voitures.... et du reste. On ne
soupçonne pas ce qu'on endosse de prétentions avec un habit

noir, et ce que les bottes vernies reflètent d'ambitions internes.
Où donc en sommes-nous à l'heure présente ? à l'époque de transition, au point de jonction des premiers goûts satisfaits et des
appétits nouveaux à satisfaire ; des sottes chimères réalisées et
des mauvaises aspirations irréalisables. Nous avons cueilli la
pomme à l'arbre de science, nous l'entamerons tout-à-l'heure,
demain nous l'aurons croquée, jusqu'aux pépins !....

D'où il suit, d'un peu loin et le lecteur comblera l'intervalle,
que la fortune est devenue l'aisance, et l'aisance, la gêne ; que
ceux qui avaient de quoi vivre largement et soutenir une petite
famille, se trouvent à peine à l'aise pour eux-mêmes ; que les
filles qui apportaient en dot les seules choses qu'elles doivent,
l'amour, l'honnêteté, l'économie, sont repoussées avec perte par
MM. les célibataires qui passent tout pour une belle dot ; que
les mariages sont de jour en jour plus rares et de moins en
moins raffermis par ce puissant ciment de la considération et du
respect mutuels ; que ces liens se relâchant, la société s'en va
insensiblement à vau-l'eau, et qu'un certain demi-monde, un
monde interlope a pu prendre racine, en plein Paris, menaçant
en vérité de primer l'autre, si bien que déjà la mode, ce terrible
agent de corruption, est imposée par des créatures gangrenées
et pourries qui terminent dans de somptueux hôtels une existence qui devrait finir au coin de la borne. D'où il suit encore
(de fort loin toujours) que, sacrifiant tout au besoin du luxe et
aux jouissances matérielles, étouffant sans merci ni pitié les généreux sentiments, respect de soi-même et des autres, honneur,
devoir ; je ne parle même plus de l'amour, des fils de famille ont
associé leurs grands noms à de scandaleuses fortunes ; et,
l'exemple venant de haut, les noms qui n'étaient qu'honorables,
c'est si peu de chose ! se sont prostitués aux capitaux honteux.

Notre homme avait bien raison : il faut hurler avec les loups,
et l'argent ne salit pas ; au contraire. Je m'explique à merveille
l'entreprise. — « Monsieur, j'ai trente ans, trois cheveux, une
dent et cent mille écus de dettes, un titre et quelques espéran-

ces. » — Fort bien, monsieur, nous avons des dots d'un mil-
lion. » — « Voici mon adresse et cent louis d'arrhes. » — Monsieur sera bien servi. Qu'est-ce que désire madame? — « Pardon, monsieur : mademoiselle. » — « C'est ce que je voulais dire :
« eh bien, mademoiselle? » — « Mon Dieu, monsieur, j'aurai
tout à-l'heure trente....neuf ans, j'aime les enfants à la folie et
Dieu ne m'en a pas donné encore. » — « C'est tout naturel,
mademoiselle. » — « Oui, monsieur, sans doute, c'est très-na-
turel, mais c'est bien triste, moi qui pourrais assurer à mon fils
quelque chose comme 150,000 francs. » — « Mademoiselle tient
à la fortune? » — « Oh! mon Dieu, non, monsieur, j'aimerais
mieux de la jeunesse, un joli garçon, un peu fort, vous compre-
nez, qui me fasse respecter : peu m'importe qu'il soit beaucoup
plus jeune que moi. » — « Très-bien, madame : j'ai un zouave
qui fera admirablement votre affaire : vingt-trois ans, la croix,
une blessure bien placée, sergent, en passe d'être lieutenant. »
— « Ah! monsieur, vous êtes une Providence. » — La Providence des époux, oui, madame; capital social.... Votre adresse,
madame? » — « Barbe-Philomène Perle. » — « Mademoiselle,
je sais une perle qui ne trainera pas longtemps. A l'honneur de
vous revoir! »

Ainsi des noms honnêtes seront inscrits au Doit et Avoir de
ce singulier industriel! De braves gens, exploités par un charlatan, figureront dans le grand casier matrimonial! Vous faites-
vous une idée de ces dossiers? brunes, blondes, rousses! —
Dots de vingt, de trente, de soixante, de cent mille francs! —
Paris, Province! vous représentez-vous cet étal de marchandises
humaines? le tas des vieilles, le tas des jeunes, le tas des riches!
— « Une femme de 25,000 francs, s'il vous plaît? » — « Voilà,
monsieur; nous n'avons plus en magasin que trois pièces au
choix : une folle, une idiote agréable, une très-jeune et jolie
femme qui a besoin de considération après avoir réalisé sa fortune dans les bals publics et les ateliers secrets de photographie. Choisissez! » — Vertus frelatées, virginités équivoques

honorabilités suspectes, mieux encore, fortunes louches et vé-
reuses,... voilà ce que vaut l'enseigne et ce que tient la boutique !

Hélas ! hélas ! pour un qui fait le commerce avoué et qui paie
patente, combien font la contrebande et pratiquent sous main,
à l'ombre, en cachette ! Combien accouplent des fortunes sous
prétexte d'unir des cœurs ! La mythologie comptait quatre âges,
l'âge d'or, l'âge d'argent, l'âge d'airain et l'âge de fer : nous
sommes dans l'âge du Chrysocale !

Quand et comment en sortirons nous ?

Quand les parents auront moins hâte de jeter dans une vie
brûlante des jeunes gens trop jeunes qui ne savent pas ce que
c'est que de vivre ; quand ils leur donneront l'exemple d'une
vertu que ne développe guère la civilisation, du désintéresse-
ment ; quand ils ne répéteront plus devant les garçons de vingt
ans que le but de la vie humaine est d'être riche en ce monde
afin de s'en aller en l'autre par un train de première classe ;
quand ils ne répéteront plus devant les demoiselles de dix-huit
qu'un bon mari est celui qui possède ou qui gagne le plus ;
quand l'art et l'amour seront considérés autrement et mieux que
comme d'ingénieux mensonges ; quand on demandera aux fiancés
ce qu'ils sont et non ce qu'ils ont ; quand les fils se formeront
au respect de la famille ailleurs qu'au théâtre du Palais-Royal ou
dans les salons du quartier Bréda ; quand la dot ne sera plus un
mérite et quand le mérite sera une dot ; quand la richesse honnête épousera la vertu pauvre ; quand.....

Quand les semaines auront quatre jeudis, et quand les poules
auront des dents.

NEUVIÈME EXCURSION.

Le vivre et le couvert.

LAFONTAINE. *Le rat qui s'est
retiré du monde.* VII, 3.

Avec cinquante mille francs de revenu ; un loyer pas trop
cher ; beaucoup d'ordre et quelques amis, qui vous donnent de
temps à autre des billets d'auteur, on peut mettre de côté, bon
an, mal an, à Paris, de 350 à 500 fr. C'est le compte d'un petit
ménage qui ne deviendra jamais une tribu ; autrement, je ne
réponds de rien : les enfants sont le plus lourd des impôts. Encore madame devra-t-elle aimer la toilette sans excès et le bal
sans passion, tandis que monsieur fumera l'humble cigare à cinq
centimes et bornera ses désirs au champêtre divertissement de la
pêche à la ligne : c'est le plaisir des sages et des innocents, sans
me compter, et même en me comptant.

Mon cousin Benoît, lui aussi, aimait bien la pêche à la ligne
autrefois. Depuis qu'il est marié, il n'aime plus que sa femme,
qui n'aime que lui et les enfants... qu'ils auront. Benoît est un
des heureux employés de la préfecture de la Seine : il a dix-
sept ans de services et 2,700 francs d'appointements ; cent francs
de gratification tous les cinq ans et huit jours de congé chaque
fois qu'il se marie. Il ne s'est marié qu'une fois encore et n'a
pas envie de recommencer, n'ayant pas envie de perdre sa
femme, ma cousine. Par bonheur, mon cousin et ma cousine
Benoît ont quelque chose par devers eux, peut-être 3,000 francs
de rentes, peut-être moins, et une mère, une brave femme de
mère, qui fait la grosse besogne de la maison. Mon cousin,
qui a été exproprié quatorze fois en quatre ans, a dû chercher
un logement pendant mes dernières vacances et m'a prié de l'ai-
der dans ses courses. Ma cousine a fait le quartier Saint-An-
toine, mon cousin le quartier Saint-Marceau et moi le quartier

du Luxembourg, avec des instructions précises et un maximum déterminé ; je n'ai guère trouvé dans les prix de Benoit qu'un sous-sol avec une cuisine mansardée au septième, et un huitième étage avec balcon. sans cuisine. Le balcon donne sur toutes les cheminées du quartier, et l'on peut voir partir de chez soi l'omnibus qui stationne à la Bastille : c'est trois bons quarts d'heure avant que la voiture ne passe à votre porte ; avantage précieux ; mais Benoit tient absolument à une cuisine. Tout autre logement, dans une maison neuve, entre le troisième et les combles, varie de 2,000 à 1,500 francs, du moment qu'il y a deux pièces avec porte à double battant, qu'on puisse ou non. mettre un piano dans l'une, un lit dans l'autre.

Horace a dit : « La patience adoucit ce qu'on ne peut corriger. » Benoit, qui est chrétien, catholique, apostolique et bourguignon, dit : « la résignation. » Il vient de trouver un peu plus loin que Vaugirard un très-gentil logement où nous pendrons, cet été, la crémaillère : ce n'est pas à plus de onze kilomètres de son bureau, mais il a l'omnibus sous la main, à une petite demi-lieue, et pour trois sous il peut aller à Charenton où j'espère bien qu'il ne finira pas sa carrière. Vous me croirez ou vous ne me croirez pas : Benoit est le plus heureux homme de la terre, réglé comme un papier à musique, propre comme un sou neuf, indifférent à la politique comme un lézard, doux et résigné comme un mouton. Un jour que je l'étais allé voir et que je me plaignais, à lui et pour lui, de la cherté des loyers et des vivres :

— « Mon ami, me dit-il, les hommes se plaignent toujours et n'ont jamais raison. Relis ton Salluste. Ils se plaignent quand le soleil donne et quand la pluie tombe ; quand l'été est sec et quand il est humide ; à les en croire, Dieu ne saurait pas les trois quarts du temps ce qu'il fait ; et jusqu'à présent j'ai toujours mangé du pain et des pommes de terre ; et quand je n'ai pas bu de vin, j'ai vu les autres en boire. Jamais laboureur et vigneron n'ont été contents à la fois : pourvu qu'ils le soient tour à tour ; qu'il y ait un peu plusde vigne, cette année, un peu plus de blé, l'année

prochaine, qu'importe? Ne vois-tu pas, d'ailleurs, quand les situa-
tions s'aggravent, quand le pain est cher, par exemple, le Gou-
vernement et les riches venir en aide aux pauvres et conjurer la
crise à force de charité? Regarde dans ton passé qui est déjà
quelque peu long, tu n'as pas beaucoup souffert de la disette.
Les loyers sont chers, dis-tu ; oui, mais sais-tu ce qu'il en faut
conclure? C'est que la ville est en voie de prospérité et les propriétaires en voie de fortune. Il y en a qui se ruineront : c'est un
mal particulier ; d'ailleurs, ce sont peut être les justes victimes
de mauvaises spéculations. Veux-tu des preuves de ce que
j'avance? Les deux villes de France, qui ont pris le plus d'ac-
croissement depuis le commencement du siècle, Mulhouse et le
Havre, ont à peine de quoi loger leurs habitants qui crient à la
cherté des loyers. Rouen et Colmar ont quantité de maisons à
louer au plus bas prix. A Paris, tout le monde veut habiter les
boulevards, la rue de Rivoli, la place Vendôme; les propriétaires
le savent et ils en profitent. Pourquoi ne vient-on pas à Vaugirard? Il y a de l'air, de la vue, un théâtre, le calme de la falaise
avec le bruit mourant de cette mer qu'on appelle Paris. »

Ainsi parlait et raisonnait mon cousin Benoît, tandis que sa
femme dardait sur lui ses deux grands yeux noirs et le couvait
d'un amoureux regard : le fait est que son discours finissait par
un trait singulièrement hardi. Benoît rencontre quelquefois la
poésie, comme il a rencontré sa femme. J'étais donc battu; ou,
du moins, le regard de ma cousine avait je ne sais quoi de
triomphateur qui m'humiliait ; il me fallait une revanche, et je
récitai un certain nombre d'articles de journaux, éloquents plai-
doyers, inutiles doléances de gens qui dînent trop bien en faveur
de ceux qui ne dînent pas assez. C'était un thème assez varié et
tout-fait, la cherté des vivres, la diminution des ressources,
l'embarras croissant des jeunes ménages et des célibataires, et,
par-dessus tout cela, en forme de corollaire, ces grandes entre-
prises de l'empoisonnement public pour lesquelles on a employé
les noms les plus baroques. Benoît haussa les épaules, poussa un
soupir et s'écria :

— « Trop heureux, les Parisiens, s'ils connaissaient leur bonheur ! — Ecoute, ô mon ami ; entendez, Cornélie, l'histoire ou plutôt le roman d'un homme qui, semblable à Ulysse, a goûté à beaucoup de cuisines et connu les prix de tous les restaurants ! » Mon cousin n'aime pas à tutoyer sa femme en public. Après une courte pause, il reprit : « J'avais vingt ans quand je fis un assez bon héritage et une très-mauvaise connaissance. J'héritais d'un certain oncle de Bourgogne, mon parrain, qui m'aimait beaucoup sans me connaître et qui appréciant les rares qualités par où j'ai su plaire à Cornélie, me laissait 11,393 francs 17 centimes, tous frais payés. C'était joli : je pris le deuil et je pleurai convenablement mon parrain ; je ne crois pas qu'il ait dû regretter un centime de son legs. Mais comme un bonheur ne vient jamais seul, un malheur veux-je dire, comme un malheur ne vient jamais seul, je fis connaissance à la même époque d'un mauvais sujet qui avait été élève comme moi de l'institution Labadens. Alexandre Vaudoré (c'était son nom) avait dissipé une jolie fortune et tâchait de la relever en donnant des pièces au théâtre du Luxembourg.

Vaudoré aimait la table ; il assurait qu'on travaillait mieux après boire et ne changeait d'idée qu'après avoir bu. Comme il prétendait m'associer à ses travaux et à sa gloire, cette gloire de théâtre qui a troublé tant de jeunes cerveaux, nous dînions très-souvent ensemble ; et l'œuvre de collaboration devait dater infailliblement du Café Anglais ou de la Maison d'Or. C'est là, en effet, que nous ébauchâmes un vaudeville toujours inédit : les *Mémoires d'un pédicure ou mystère et cor aux pieds :* nous dinions bien, très-bien, très-cher, et nous n'arrivions jamais au dénouement : le titre seul me coûta près de huit cents francs. La Maison-Rouge, le pavillon d'Armenonville, véritables rendez-vous de l'art et de la fantaisie, s'ouvrirent tour à tour à notre inspiration et ne se fermèrent qu'à notre bourse. Cependant, nous tentions de légères excursions chez Hamel, aux Frères-Provençaux, chez Vachette. A la différence près des cabinets particuliers, plus particuliers ou plus indiscrets chez ceux-ci que chez ceux-là, c'était toujours la même cuisine, les mêmes sauces, des viandes épicées, des mets succulents et lourds : notre goût s'émoussait et ma bourse se vidait Il fallut descendre des cîmes aventureuses où nous égarions nos pas et fouler un terrain plus uni : le prix fixe fut la transition. En trois étapes, nous tombâmes du dîner à six francs par tête au dîner Européen à trois francs cinquante, nous n'étions, certes, pas bien à plaindre ; et, n'eût été la manie des extrà, nous aurions tenu assez longtemps la campagne. Mais nous la battions, imprudents enfants ! et d'un bond, d'un seul, il nous fallut sauter aux restaurants à trente-deux sous. Je me rappelle encore la douleur éloquente et la sainte indignation de Vaudoré à la première épreuve. Incorrigible en dépit de la fortune, et d'autant plus obstiné dans ses goûts aristocratiques que le sort semblait l'humilier, il entre le front haut et de sa plus belle voix demande un potage au lait d'amandes, une barbue et du faisan : on lui servit un bouillon aux herbes, une limande et du lapin. Plus humble, j'avais demandé et obtenu de la tête de veau et deux omelettes. Etions-nous vraiment des victimes ? Et n'était-ce pas la comparaison seule qui faisait notre chagrin ? Aujourd'hui nous nous régalons, Cornélie et moi, pour nos trois francs vingt centimes ; et nous nous faisons une petite fête de ce qui désespérait Vaudoré et, par contre-coup, m'atteignait moi-même. Que vous dirai-je ? nous avons dîné à dix-neuf sous, à dix-huit sous ; nous allions ne plus dîner du tout, quand un double succès vint enfin couronner nos efforts. Vaudoré vendit un manuscrit et se donna une indigestion qui l'envoya au sombre empire ; le même jour, j'entrai à la préfecture.

Tous les chemins mènent à Rome, mon ami ; et pour avoir fait un grand détour nous n'arriverons pas moins au but. Le but, n'est-ce pas, c'est de prouver que les ressources, à Paris, sont grandes et qu'on y peut vivre avec de petits revenus ? Tout le secret, c'est de bien compter avec son appétit et avec sa bourse, de régler sagement ses besoins sur ses moyens. C'est l'éternelle question du juste milieu, l'application matérielle de l'*aurea me-dioeritas* : la vraie fortune est entre la parcimonie et la prodiga-lité ; et s'il est cruel de rester sur sa faim, il est honteux de vivre et de mourir, surtout, d'indigestion. La Rochefoucauld a dit que l'esprit était la dupe du cœur : eh bien, j'ajouterai une maxime à celle du grand homme, et puisque La Rochefoucauld a dédié ses maximes à madame de Longueville, j'offrirai, moi, la mienne à ma cousine : « L'estomac est souvent la dupe de l'esprit. » **On dîne par orgueil, on soupe par vanité.** Tel qui contenterait la na-ture avec un potage gras et une côtelette, se fait servir des huîtres, un Chateaubriand truffé, des primeurs et du dessert. On serait tout aise et bien proprement servi dans un modeste établisse-ment ; et l'on s'en va bruyamment prendre place au grand salon de Riche ou de Durand : ton appétit valait trente sous, ta va-nité te coûte trente francs.

Mais revenons à nos moutons. Paris, dis-tu, n'a pas de res-sources ? Eh ! bon Dieu, c'est la ville des ressources : tu as des tavernes, des pensions bourgeoises, des établissements de bouil-lon, des traiteurs à prix fixe et à tous les prix : tu peux dîner pour quatre-vingts centimes ; et je te citerai rue de l'Oratoire une crêmerie où tout est propre, même les tasses, et où l'on te donne une tasse de chocolat avec du pain tendre pour trois sous ! trois sous ! à Paris, tu as des charcutiers et des rôtisseurs qui te permettent de dîner chez toi et de satisfaire à bon marché ta faim et ta vanité ; à Paris, tu as des bouchers qui te feront un excellent pot au feu et te livreront potage et bouilli à un prix fabuleux ; à Paris, car je veux prendre les choses au pis, tu pourras, en cas extrême, te nourrir gratis à l'odeur des cuisines. Cependant, je conviens qu'il ne faudrait pas abuser de ce régime là et ce sera beaucoup de le réserver aux mauvais jours..... Ah ! mes amis, quel livre je ferais, si je savais écrire ! Je prouverais que cette Babylone, si mal jugée et si mal nommée, est une admi-rable ville, la vraie capitale du monde moderne ; qu'elle est pour les riches le seul et unique pays de Cocagne, le centre du mouve-

ment et de la vie, le grand bazar de la mode et du goût, l'entre-
pôt de toutes les gloires, le dock... ah! fi, le dock... ce diable
de mot m'a coupé le fil de mes idées : encore un tour de l'An-
gleterre!... Je prouverais, enfin, qu'on peut être bien heureux,
à Paris, sans fortune, à la condition d'habiter Vaugirard, de
ne jamais prendre de voiture, de s'interdire le bal, les soirées,
le spectacle, de se priver un peu sur le loyer, sur les vêtements,
sur la nourriture; de ne pas acheter beaucoup de bois et de ne
pas acheter du tout de livres; de supprimer le superflu qui est
nécessaire et de traiter le nécessaire en superflu; de n'avoir pas
de famille, pas de femme, pas d'enfant, en deux mots, de vivre
mal et de mourir vite. »

— « Ho, là! hé! cousin Benoît, quel mouche vous a piqué!
Votre femme est toute ébaubie, et je ne sais plus où j'en suis,
ni vous non plus. »

— « C'est bien possible, reprit-il avec un grand calme, je suis
un peu comme Sganarelle, j'aime qu'on m'interrompe; sinon,
tandis que je m'échauffe à parler, je m'écoute, je m'entends
faire à moi-même des objections, et je me surprends tout-à-coup
à adopter et à exprimer les conclusions de mon adversaire.
Somme toute, tu me disais qu'il faisait cher vivre à Paris et que
sans fortune on ne se logeait pas très-bien et qu'en retour on se
nourrissait assez mal. Eh bien, pour être franc, cinquante mille
livres de rentes ne gâtent rien, et tu feras sagement de rester
en province. J'y suis tout comme toi, dans mon Vaugirard,
avec des tentations de plus... mais j'ai ma Cornélie pour les
apaiser... »

A ces mots, Benoît, mon cousin, se leva, embrassa ma cousine, et me souhaita bon voyage.

DIXIÈME EXCURSION.

Les Cimetières de Paris. — L'entreprise des Pompes funèbres. —
L'Académie française.

> Et la garde, qui veille à toutes ses barrières,
> N'en défend pas.... Paris !

Ce qui signifie, s'il vous plaît, en vile prose, qu'on meurt à
Paris comme partout, de vieillesse, de maladie ou d'accident :
on y meurt selon toutes les règles de la Faculté et l'on y est
enterré avec ou sans pompe, simplement ou magnifiquement, au
choix du défunt ou des héritiers. Il n'y a pas à dire, l'entreprise
des pompes funèbres est une belle entreprise, et la capitale,
une ville de ressources ! Vous avez, moyennant finances, un
service délicieux, des chevaux pomponnés, des cochers suffisam-
ment lugubres, des porteurs affables et un maître de cérémo-
nies... oh ! mais joli, joli ! pour 5 francs, il met des gants ; pour
10, il vous serre affectueusement la main ; pour 15, il pleure ;
pour 16, il sanglote ! C'est un vrai plaisir : bien franchement et
la main sur la conscience, on ne croirait jamais que cette belle
voiture à panaches

> « où tant d'argent se relève en bosse, »

conduise au même but que le corbillard noir et sale, dans un
grand trou, à cinq pieds sous terre, où suinte l'eau, où les vers
grouillent ! l'homme n'a pas encore enterré sa vanité.

Je suis allé au cimetière : tout bon provincial y doit sa petite
visite : ce n'est pas à ce titre-là que j'y suis allé. Mais toujours
est-il qu'on a pu m'y voir errant à travers les silencieuses allées
et les tristes cyprès, m'arrêtant devant des colonnes brisées et
des pierres vermoulues, cherchant des noms aimés. Hélas ! rien
n'est changé là, et de longtemps rien ne changera ! Le sommeil
des morts n'est toujours troublé que par de rares sanglots ou
le sourd roulement sur la terre humide des chars qui leur amè-

nent de nouveaux et taciturnes compagnons. Paris nouveau a gardé ses anciens cimetières : Paris a bien fait ; je ne crois pas, à tout prendre, qu'il pouvait faire autrement. Les architectes ont tant à construire pour les vivants qu'ils ne doivent pas songer à détruire chez les morts ! Il y aurait bien à redire, au moins ; et l'œil de l'étranger, de l'artiste découvre par instants de certains monuments aussi drôles que de certaines épitaphes ! Le goût des survivants s'est bien des fois égaré en de piteux hommages de pierre ou de poésie. Voici, par exemple, une chapelle qu'on dirait construite avec un vif sentiment de reconnaissance pour Dieu qui vous a délivrés d'un collatéral incommode ! Voilà un obélisque chargé d'écraser jusqu'à la consommation des siècles une éternelle victime de l'amour filial ! Ici une tour, avec de fines dentelures et des arabesques, pèse sur un épicier ; là, un gros pain de sucre, simulant la pyramide, étouffe une pauvre petite duchesse !

Et les vers ! les vers !

A mon épouse :

Tu m'attends, chère épouse ! ô toi qui m'aimas tant,
Je ne te ferai pas attendre bien longtemps.

A mon époux :

(suivent quatre larmes qui ressemblent à des points d'exclamation ! ! ! !)

Ton père est mort, Adolphe, en te donnant le jour !
    Et ta mère vit dans l'espérance
De lui faire agréer le tribut de ton amour
    Et de notre reconnaissance !

A mon fils :

Cher espoir de ma vie et artiste modèle,
Tu m'as tout emporté, bonheur et clientèle !

    Alexandre S., cordonnier, rue des Noyers.

J'en passe et des meilleurs. La douleur n'est-elle pas toujours excusable et respectable ? Qu'importe, d'ailleurs, épitaphes et monuments ? La mort est là, partout, sous les fleurs et sous les

pierres, hideuse et triste, solennelle, impitoyable, égale ! Son
niveau est fait à ras de terre, et tous y passeront !

Un cimetière, à tout prendre, est encore moins lugubre qu'un
hôpital. Or, j'avais pris rendez-vous, à l'Hôtel-Dieu, avec mon
vieil ami P. L*** qui sera dans quelques années un des premiers
médecins de Paris et qui est déjà l'un des agrégés les plus dis-
tingués de la Faculté. Singulier rendez-vous, dira-t-on ! Pas trop
pour un homme qui vient du cimetière et qui veut rencontrer
un médecin. J'étais curieux, d'ailleurs, de revoir à quinze ans
de distance ces salles où m'entraînait naguère l'étudiant en médecine : plus d'une fois à ses côtés, j'avais suivi la visite, tendu
la serviette et présenté la charpie. Je n'étais pas très-brave alors
pour le dire en passant, et il m'a fallu de singuliers efforts pour
m'endurcir à la vue du sang et des plaies ; je serais presque bon
à quelque chose aujourd'hui, sans pourtant souhaiter d'être mis
à l'épreuve. J'étais en retard apparemment, ou P. L. était parti
trop tôt ; il me laissait un mot d'avis avec un billet d'entrée
pour la séance solennelle des cinq académies : il sait mon goût
pour ces fêtes de la littérature. Je donnai un rapide coup d'œil
à l'affreux péristyle où ma jeunesse ne s'aventurait autrefois
qu'en tremblant ; et je quittai sans regret ces tristes lieux, trouvant aussi bien que c'était assez respirer cette odeur nauséa-
bonde, particulière ou, si l'on veut, commune aux hôpitaux, aux
colléges, aux casernes, voire même aux académies. Seulement,
à l'Institut, l'odeur se combine avec un certain parfum de poésie,
de laurier et de vertu.

Me voilà donc dans le fameux hémicycle ! je le décrirais, s'il
était moins connu et moins affreux. Regardons plutôt, écoutons
surtout ! Regarder, écouter... c'est fort bon à dire, mais je suis
dans l'amphithéâtre de l'Est, au second ; je n'entends pas plus
que je ne vois : contentons-nous donc, pour un moment, d'as-
pirer cet air rare, et surtout raréfié au second étage. J'ai, d'ailleurs, la chance que n'a pas tout le monde, de voir ceux qui
voient, et qui sait ? d'arriver peut-être à un gradin plus favorisé,

si quelqu'un étouffe et sort. Car, si l'Institut n'a que de mauvaises places, rendons-lui cette justice qu'il les prodigue et
qu'il entasse cent personnes où cinquante seraient gênées : mais
c'est un académicien, l'un des plus spirituels (ils le sont tous!)
qui a dit, probablement au sujet des séances de l'Institut :

> Souffrir et se taire
>
> Sans murmurer !

Patience donc!... oui, patience, c'est aisé à dire : mais la chaleur qui monte est affreuse ; et puis c'est insupportable de ne
rien voir et de ne rien entendre, n'est-ce pas, monsieur ?

Mon voisin (mécontent). « Mon Dieu, monsieur, si vous avez
des réflexions à faire, tâchez donc de les faire tout bas. Si je
n'entends rien, ce n'est pas une raison pour m'empêcher d'é-
couter.. » —

— Moi. « Mille pardons, monsieur.... (à ma voisine :) Madame est plus heureuse sans doute, elle peut se tenir debout....
(à part.) Cette dame sera tout-à-l'heure sur mes genoux, c'est
insupportable. (haut.) Madame est bien? » —

— Ma voisine (radieuse.) — « Je le vois, monsieur, je le vois,
ne parlez pas... Lui ! lui ! » —

— Moi. — « Mon compliment sincère, Madame... quant à
moi, je ne le vois pas, je ne l'entends pas, et je m'en vais. Salut,
Mad.... »

Plusieurs voix. — « Silence donc ! assis ! assis ! »

Me taire ! m'asseoir ! je suis pris, je suis perdu : il ne me
reste qu'un parti. La chaleur est de plus en plus accablante, les
genoux d'une dame, placée derrière moi, me font un agréable
dossier, mon voisin et ma voisine seront les deux bras du fauteuil où je m'endors chaque soir.... Tant pis pour l'Institut ! Je
regarde dans le vide, je compte jusqu'à cent : un, deux, trois,...
vingt-sept... trente-neuf... quaran.... je dors,

> Et voici quelle voix enchante mon sommeil !

« Messieurs, l'homme incomparable à qui j'ai l'honneur de
succéder, que je ne remplacerai pas, était grand par le cœur

comme vous, comme vous grand par l'esprit. Qu'il me soit permis de le dire, c'est un beau spectacle que celui de quarante grands hommes, égaux en génie, quelques-uns octogénaires, tous immortels! Je n'en aurais compté que trente-neuf, messieurs, si je ne savais qu'un jour aussi l'on proclamera ma renommée ans seconde : je me trompe, la seconde, ce sera les trente-neuf vôtres! Ce jour que je n'appelle pas de tous mes vœux sera bien beau pour mon successeur.

Vous n'imaginez pas, Messieurs, je suppose, que le personnage incomparable dont je veux vous entretenir soit le cardinal de Richelieu : assez et trop longtemps, on a loué le fondateur de l'Académie. Ce que votre sagesse demande aujourd'hui au nouvel élu, c'est l'oraison funèbre de l'homme auquel il succède, oraison impartiale et vraie, comme celle de Bossuet, votre digne confrère, quand il louait « les vertus de Philippe » ou « la malheureuse prison de Condé » et « sa pitié, qui est le tout de l'homme » en général, et, en particulier, des académiciens. Ici devrait commencer l'éloge de feu votre immortel confrère. Mais entre nous, messieurs, est-il bien utile que j'en parle, quand notre illustre directeur lui va payer dans quelques instants son tribut de larmes et de gloire? Avec son discours, le mien ferait double emploi. N'est-il pas mieux d'abandonner ce simple sujet et de louer les bienfaits immenses de l'Académie française et la haute intelligence avec laquelle elle s'est substituée aux anciens parlements, digne objet de vos regrets unanimes.

Il faut d'abord le reconnaître, messieurs : il n'y a pas soixante-dix ans que l'Académie française est entrée véritablement en possession de l'immortalité. C'est depuis notre glorieuse révolution de 89;.... pardon, c'est seulement depuis le retour des Bourbons et surtout depuis les journées de Juillet que date l'ère fameuse de votre renommée impérissable: vous le savez, je ne vous le démontrerai pas. Vous savez aussi que jamais vous n'avez eu d'égaux en politique. En politique! ah! messieurs, jamais le palais Bourbon, ni le palais du Luxembourg n'oseront se comparer au palais Mazarin. De quelque côté que je tourne ici les yeux, je ne vois que de grands diplomates, de grands ministres, de grands députés, de grands pairs p, a, i, r, s. En est-il un parmi vous qui n'ait pas conduit le char de l'Etat? qui n'ait pas sauvé plusieurs fois la France? Combien l'inspirent encore, sans avoir l'air de rien! Combien avec de bonnes petites brochures, de bons petits mémoires insinuatifs et rémollients; combien avec leur biographie et leurs souvenirs, contemporains de leur naïve enfance, conduisent, éclairent et sauvent, oui, sauvent la France, tous les jeudis, à deux heures de l'après-midi! A cette pensée, mes yeux se mouillent de douces larmes et ma reconnaissance aime à saluer ces nouveaux pères de la patrie, p, è, accent grave, r, e, s.

Et quel accord unanime entre vous! Vous n'avez qu'une opinion, qu'une âme, qu'un esprit : ce qui suffit bien à trente personnes; car il y en a parmi vous huit ou neuf qui ne m'ont pas donné leur voix et que je considère comme bien peu de chose. Mais les autres!... .Un seul mot, messieurs : j'étais inconnu, je n'avais rien écrit, j'avais beaucoup pensé; j'étais indigne de vos suffrages... que fîtes-vous? Vous m'en honorâtes du jour où vous le pûtes : car vous sentîtes, sans que je vous le disse, que votre programme était et serait toujours le mien. J'y ai juré obéissance, et tant que ce cœur battra, j'y serai fidèle. Mon chant patriotique sera toujours la Parisienne; ma profession de foi, la Charte constitutionnelle, et ma religion, le catholico-protestantisme.

Quelle transition pour vous parler des dogmes et des croyances de l'Académie! Où vit-on jamais des cœurs et des esprits si étroitement unis? Certes, Mirabeau se fermait les portes de cette enceinte quand il disait que la diversité des esprits fait la diversité des religions. Vous les lui avez fermées, tout au moins; et vous avez bien fait : c'était un factieux. Mais vous, hommes d'ordre, de soumission et de tradition, vous soutenez quand même, et d'un commun effort, ceux qui tombent, qui se laissent tomber.

5

Le temple du goût, grâce à votre dévotion, devient le temple de Dieu et du pape, qui est vice-Dieu, à ce qu'affirment MM. Cousin, Veuillot et Voltaire. Ah ! puisse-t-il, messieurs, s'il habite jamais Paris (c'est du pape que je parle), si l'ingratitude des Romains lui impose une autre patrie, puisse-t-il trouver un refuge auprès de vous et s'asseoir au fauteuil de M. Eug. Scribe, car votre royauté spirituelle peut, seule, consoler de bien des disgrâces. Ouvrez-lui cet asile de vos douleurs, ces Champs-Elysées de la rancune : qu'il s'y endorme paisiblement à vos côtés, ou vienne y ajouter son chapitre à l'histoire de vos variations ! Ainsi soit-il !

Ici un autre objet, et plus digne de ce fauteuil, se présente à ma pensée : C'est vous qui êtes les représentants de l'intelligence et les arbitres du goût. On le croit, vous le dites ; et vous le prouvez. Ainsi vous avez entrepris pour l'usage de vos contemporains un dictionnaire historique et raisonné de la langue, dont le dernier numéro paraîtra en l'an de grâce 3,861, si du moins vous y apportez cette constance d'efforts et cette assiduité de travail qui n'a d'égal que votre profond savoir et votre génie ! A cette grande œuvre, vous n'associez personne que vous, vous vous défendez surtout contre l'influence, même indirecte, des Jacobins de la littérature et des sans-culotte de l'intelligence ! En vous couronnant, il y a quatre ou cinq mois, vous avez prouvé que nul n'avait d'esprit, hors de l'Académie, et vous avez repoussé de toutes les forces de votre indignation ces soi-disants penseurs, ces prétendus romanciers, cette femme enfin... Car plusieurs d'entre vous l'ignorent peut-être, Georges Sand est une femme ! Ah ! messieurs, si j'ai droit d'être fier, c'est que je n'ai jamais lu ses romans exécrables, ses livres subversifs de toute morale, qui sont le fléau de notre temps. Permettez-moi de placer ici une anecdote : l'anecdote est le charme du discours. Un de mes amis, mauvais plaisant, me prête un jour *Valentine*, en me disant que c'est une fantaisie de M. le duc Pasquier. Je dévore le livre, je lis avec fièvre, je relis avec enthousiasme,

j'apprends par cœur des fragments entiers, quand j'entends dire
à M. Pasquier lui-même, à qui j'adressais mes congratulations,
qu'on s'était moqué de nous, que l'ouvrage est de cette... personne. J'ai rompu avec mon ami, messieurs, et je ne juge plus
les livres qu'après m'être bien assuré de l'auteur. Et vous auriez
couronné cette... créature !

Combien vous avez été plus sages, messieurs ! Que ce glorieux
précédent soit désormais pour vous une loi ! que ce prix ne sorte
jamais de votre enceinte ! Il sera décerné à chacun de nous, à
tour de rôle, en commençant par le moins jeune ; ou plutôt, si
nous pouvons le fractionner, étant tous égaux et tous honorant
le pays au même titre, frères et confrères, accordons-nous cinq
cents francs et ne nous disputons plus ! J'ai fini : la presse s'é-
tonnera sans doute de voir à l'Académie la question d'argent : je
serais bien plus étonné d'y voir M. Dumas fils.

Je n'ajouterai donc qu'un mot, un seul mot et très-spirituel :
Messieurs, quoique vous disiez, que vous parliez du présent ou
de l'avenir de la France, du pape ou de G. Sand, du Thiers ou
du quart, vous parlerez toujours d'or : c'est la grâce que je vous
souhaite !..... »

..... Ici je m'éveillai. Etait-ce le mouvement que j'avais fait
pour porter la main à mon front? Etait-ce le poids de ma voisine
qui venait de s'asseoir sur moi? Etait-ce une toute autre cause ?
je n'en sais rien, mais je m'éveillai.

J'avais rêvé ; et le discours que je venais d'entendre, c'est
moi-même qui le prononçais. C'était mon discours de réception !

Est-on bête quand on dort !.... et quelquefois quand on veille.

ONZIÈME EXCURSION.

La vie intelligente à Paris. — Menu du jour. — Les trains de plaisir.

Si j'avais à formuler par une équation l'esprit et la bêtise comparés de Paris et de la province, voici comment je procéderais : Un homme d'esprit, en province, égale un Parisien, homme d'esprit, $1 = 1$; un sot de province égale un autre sot de la province voisine, $1 = 1$; un sot de Paris égale deux crétins du canton de Vaud, $1 = 2$. Si l'équation est juste, j'en suis fâché pour les Parisiens : heureusement qu'ils sont comme les naufragés de Virgile, *rari nantes in gurgite vasto :* ce qui veut dire : très-clair-semés sur le macadam des boulevards. On a, en effet, beaucoup de chances à Paris d'échapper à l'état d'imbécillité que rêvait J.-J. Rousseau pour le plus grand bonheur du genre humain. Peut-être ici faudrait-il s'entendre sur le sens du mot esprit? je ne prétends pas dire qu'il suffise d'être né ou de vivre à Paris pour écrire comme Emile Augier ou comme Edmond About, non : on peut être de Paris et n'être pas même de l'Académie française. L'esprit que j'entends est une certaine aptitude naturelle à s'assimiler l'esprit des autres quand on n'en a pas ; à profiter du sien quand on en a un peu ; et, quand on en a beaucoup, à en faire profiter tout le monde. Enrichir le domaine public sans léser ses intérêts privés ; jeter dans la circulation une valeur dont on reste le propriétaire et l'émettre en actions au porteur et en obligations sans rien compromettre de son capital, voilà le fin du fin, ou, pour continuer ma métaphore, voilà l'esprit de ceux qui en ont à revendre.

Ceux-là font ou feront sans nous leur affaire : laissons-les donc pour nous occuper des autres. Les autres, ce sera, si vous y consentez, un bon jeune homme de Carpentras, ayant reçu de bons principes et n'ayant eu sous les yeux que de bons exemples, bien innocent, bien vertueux et bachelier. Ses études de droit l'appellent à Paris : il embrasse en pleurant sa famille qui inonde l'embarcadère de ses larmes, il part, il est parti !... C'est un bon jeune homme, c'est-à-dire un garçon simple et naïf, qui n'a jamais quitté la maison paternelle ; qui s'est couché, depuis sa plus tendre enfance, à neuf heures du soir pour se lever à six heures du matin ; dont les distractions se sont bornées jusqu'à présent aux soirées de la famille et à la promenade du Cours ou du Maïl ; qui n'a lu que le Magasin pittoresque, le Voyage du jeune Ana-charsis et qui n'en a pas demandé davantage ; qui de la vie, enfin, ne sait rien, ne soupçonne rien, n'attend rien, en deux mots, un être ébauché, mais non manqué, la statue de Condillac avec quelques idées innées et la pleine jouissance de ses cinq sens, encore neufs et point émoussés. Il arrive sur le tard, ému, fatigué, il se couche, il dort !...

Voici les deux lettres qu'il écrira à sa famille, à trois mois de distance :

« Mes chers parents, je ne puis me faire à notre séparation, et ces huit premiers jours m'ont paru huit siècles. Chaque matin je pense à vous en prenant mon café au lait, vu qu'il est détestable : maman m'avait bien dit de me défier de tout à Paris. Mais ce n'est rien, et vous ne vous inquiéterez pas si j'ai été un peu dérangé. Mon cœur est bien plus souffrant que mon estomac. Tout le jour, ça passe encore ; mais le soir, quand je vais dîner seul, je suis bien triste, et puis ma pension est détestable. Je vous demande pardon, chers parents, de vous entretenir de tous ces détails ; mais vous m'avez recommandé d'être plein de franchise ; c'est pourquoi je vous parle à cœur ouvert. J'ai commencé à suivre les cours de droit, et mon professeur m'a déjà distingué ; car je suis toujours à la porte de l'École quand il entre et quand il sort ; et hier, il m'a salué en riant ; je lui porterai demain la lettre de recommandation de parrain et je travaillerai courageu-sement. J'ai fait connaissance d'un bon jeune homme, mon voisin ; il a des habitudes très-régulières, ne fume jamais et ne va pas au café. Nous nous promenons quelquefois ensemble au Luxembourg et nous nous sommes offert l'autre soir un parterre au Théatre-Français : on jouait une jolie tragédie qui m'a bien amusé, et une petite comédie de Molière où tout le monde riait beaucoup. Ce n'était, pourtant, pas bien risible : c'est un monsieur qui gronde sa femme parce qu'elle a trouvé le portrait d'un beau jeune homme qui s'est trouvé mal à sa porte; son mari ne le trouve pas bien, et alors, pour se consoler, il console une jeune dame qui aime ce jeune homme. Il y a de très-beaux vers; mais la colère de Sganarelle m'a rappelé, chers parents, les petites scènes dont j'étais témoin à la maison, quand vous me mettiez à la porte. Je vous suis bien reconnaissant, mes chers parents, de toutes vos bontés et vous prie d'embrasser pour moi ma petite sœur, ma bonne, mon ami Isidore et croyez à ma tendresse. Anatole.

P. S. Comment va notre chien Pataud, et mon parrain? Bien des choses. »

Un fragment de la seconde lettre disait :

« M'en voudras-tu, cher et bien-aimé père, si je m'accuse moi-même d'avoir gardé un trop long silence et si je réclame de ta tendresse le bénéfice des circonstances atténuantes? Voilà parler en disciple de Cujas et de M. Pellat, qui vaut bien Cujas! Pourquoi non? je travaille comme tu m'as appris à travailler, et je m'amuse comme tu ne me l'as pas défendu : études et plaisirs vont de front; et si j'ai flâné un peu plus hier, je travaillerai beaucoup plus demain; tu peux avoir confiance en moi. Il est donc arrivé que moitié flânerie, moitié travail, je suis resté toute une semaine sans t'écrire, remettant toujours au lendemain qui n'arrive jamais. Il est arrivé, malgré tout, comme t'arrivera cette lettre chargée d'excuses et de tendresses. Ecoute, père, tu ne le diras à personne; mais je suis allé trois fois au théâtre dans ces huit derniers jours, deux fois à mes frais, la troisième avec une belle et bonne entrée de faveur. J'ai entendu d'excellente musique;

à l'Opéra ; j'ai vu au Gymnase une charmante comédie ; je suis allé enfin au Palais-Royal ; si ma mère appelait cela, comme autre fois, une débauche, elle n'aurait ni tout à-fait tort ni tout-à-fait raison : en tout cas, ma débauche a vite été punie. Je me suis cruellement ennuyé : je n'ai vu qu'une parade et des paillasses. Et cependant j'ai vu là ou plutôt j'ai compris autre chose : c'est qu'un homme peut et doit tout connaître, et qu'il n'y a pas de danger pour les bons cœurs et pour les bons esprits, mais je me vante, disons pour les bons fils qui aiment leur père comme je t'aime... Tu n'as donc rien à craindre pour moi du séjour que tu redoutais. Quand les tentations viennent, quand le plaisir fait trop de bruit à ma porte, je regarde au-dessus de mon petit lit les deux médaillons que j'aime, deux photographies que vous m'avez données, ma mère et toi. Et tout de suite mon imagination s'apaise, mon cœur se calme, je me sens heureux, dans ma chère patrie, auprès de vous. Suis-je donc bien mauvais ? Et crois-tu que Paris.... ? »

Ici finissait le fragment. Je voudrais le compléter : peut-être la chose n'est-elle pas si difficile ?

Savez-vous ce qu'une Compagnie parisienne avait osé entreprendre, il y a deux mois? Des trains de plaisir pour la capitale, ni plus ni moins. Oui, pour 13 francs 50 centimes par jour, on vous hébergeait, on vous nourrissait, on vous conduisait partout et ailleurs ; la journée qui commençait à huit heures du matin finissait à minuit au théâtre de la Porte-Saint-Martin. Ce n'est pas le train de plaisir que nous prendrons, mais nous flânerons, en pleine rue, au hasard... *Ibam fortè viâ sacrâ...* Et moi, aussi, j'arrive de Carpentras, ne sachant rien de la vie parisienne, mais désireux et tout à la fois capable d'apprendre.

C'est de la galerie d'Orléans que je pars. N'est-ce pas l'éternel embarcadère du touriste ou du flâneur, avec sa buvette et sa bibliothèque, la nourriture de l'esprit et du corps? deux cafés et trois libraires! je vous épargne le reste. Que je m'arrête un court instant devant la vitrine de Dentu ; et, comme un bon bourgeois qui ne passe jamais à la Bourse sans régler sa montre, je puis régler mon esprit sur le cadran de l'opinion publique. Les idées du jour me vont sauter aux yeux de toutes parts ; et vingt brochures, imprimées hier, vieilles demain, m'apprendront ce qu'on pense aujourd'hui. Elles sont bonnes, elles sont mauvaises ; elles partent d'une plume légitimiste, d'une plume républicaine ; elles exaltent le Pape, elles le détrônent ; elles conseillent l'Empereur, elles sauvent la France, elles sauvent l'Europe ; elles valent toutes vingt sous, elles ne valent pas le diable.... n'importe ? C'est assez de voir les titres sans lire les livres : je regarde et je réfléchis, j'approuve et je condamne ; je ris surtout, je ris de ces vanités qui s'étalent pompeusement aux regards et de cette sottise humaine « ondoyante et diverse » qui se flatte toujours d'être la sagesse. Ils sont là cent écrivains, cent politiques qui ont dit son fait à la France, ce matin après déjeûner, qui lui ont donné le dernier conseil, tous le meilleur, chacun le sien, qui diffère des autres !

Mais quittons la place et prenons le jardin. Voici le tilleul que dépouilla Camille Desmoulins et qui fournit un jour des cocardes à la nation : c'était aux premiers jours, quand la couleur de l'espérance était celle de la Révolution : cette cocarde, demain, sera rouge !... Suivons donc plutôt les galeries ! Toutes les merveilles de l'art et de l'industrie sont là, exposées à nos regards, provoquant notre admiration et nos désirs. Garde-toi de ralentir le pas, jeune homme ! marche, marche ! L'or scintille, les diamants ruissellent, il y a de quoi éblouir les yeux, tenter les cœurs ! Marche, marche ! Les plus forts ont succombé, les sages se sont troublés devant tant de richesses, les rassasiés même ont eu faim et soif, et Tantale, assouvi, a cueilli le fruit savoureux ! Marche, marche !... ou plutôt arrête-toi, mets la main sur ton cœur si ses battements sont trop violents ; force tes yeux à voir et ton âme à mépriser ! Tous ces hochets de la fortune, contemple-les en face, mais regarde aussi qui les contemple avec toi ! Une pauvre femme qui te demande un sou pour nourrir son enfant. Fais l'aumône; et le sou que tu auras donné te fera plus heureux que ces vains brillants : l'aumône est la vraie richesse. Arrête-toi donc, et regarde!

Ici, l'or pur et le diamant vrai; là, l'or et le diamant faux! c'est le monde, c'est la vie; c'est la science et la sottise, la vérité et le mensonge, le bien et le mal! Regarde donc encore une fois, et instruis ton cœur à estimer et à mépriser! Exerce ton âme à désirer et à vaincre ses désirs.

Tu n'es pas au bout des séductions : la rue Vivienne est tout proche, qui va te tendre ses piéges et t'offrir ses enseignements!

Les abords en sont encombrés; on dirait que Paris entier s'est donné rendez-vous dans cet étroit carrefour; les piétons s'y croisent en tous sens, les voitures ont peine à s'y frayer un passage. Et pourtant, là, tout à l'entrée, est la maison du travail, l'asile de l'étude recueillie et silencieuse : la Bibliothèque impériale, entre la rue Vivienne et la rue Richelieu, n'est-ce pas Archimède, cherchant son problème au milieu de Syracuse assiégée? La pensée de l'homme règne paisible au sein des agitations de la foule... C'est avec cette foule que nous allons courir et regarder : quel spectacle! quelle variété de types et de physionomies! Tout le monde se ressemblait à Carpentras : à Paris, on ne se ressemble pas à soi-même, et, comme le caméléon qui prend la couleur des objets, il semble qu'on prenne ici la couleur, le ton et l'allure des gens avec qui le hasard vous rassemble.... Et pourtant! Voyez-vous ce petit monsieur raide et pincé, qui porte haut la tête, moustache en croc, tournure martiale? C'est un commis de magasin. Cet Adonis est un garçon coiffeur; cet homme bien vêtu et mal chaussé, un tailleur; cet autre, mal vêtu et bien chaussé, un bottier; ce personnage, gras et fleuri, est commissaire des morts. Ce gros badaud, content de lui et des autres, descend en ligne directe de Sganarelle; son compagnon, grêle et laid, qui fuit les regards, qui rase les murs, embarrassé de ses bras, embarrassé de ses pieds qu'il pose l'un devant l'autre, en se dandinant, comme un ca-

nard ses pattes, est de la même famille, mais de la branche ca-
dette. Et les femmes ! Voyez-vous cette simple toilette ? une grande
dame ; cette mise éclatante ? une lorette. Ce manteau élégant et
foncé, la vertu ; ce cachemire broché d'or, le vice !

Mais voici un rassemblement ! Vingt personnes s'arrêtent devant un mur, on vient d'afficher le spectacle du soir : ah ! bon
Dieu, s'en est-il fait et improvisé des librettos et des pièces devant
ces grands carrés jaunes, bleus, chamois et verts ! — « Voyons,
qu'est-ce qu'on donne ce soir ? Les *Huguenots*, bonne affaire...
aux Français ? Les *Effrontés*, d'Emile Augier ;... c'est excellent ! Que diantre aura-t-il fait avec les *Effrontés* ! Un bon titre
toujours ; et puis Samson, Got, Régnier,... Madame Plessy ! Ça
se gâte un peu, une femme qui n'est bonne que lorsqu'elle ne
larmoie pas et qui larmoie toujours. Enfin !... à l'Opéra-Comique, Roger, ce pauvre, cet excellent Roger, dans les *Mous-
quetaires de la Reine*. « *A toi, ma vie entière ! je serai ton
appui...* » — Au Vaudeville, rien ! aux Variétés, moins que rien !
au Palais-Royal, encore moins qu'aux Variétés. Et puis le *Pied
de Mouton* ! Et puis, le *Courrier de Lyon* !... je crois qu'avec
tout cela je resterai chez moi. C'est égal, je voudrais bien savoir
ce qu'Augier a fait avec les *Effrontés*... Pourvu que ce soit une
comédie ? Et point une satire ! Voilà, moi, comment j'aurais
compris la chose ! Un homme qui fait le bon apôtre et qui...
ou plutôt une jeune femme, une femme d'apparence douce, une
madame Marneffe... ah ! non, parce qu'alors nous retomberions
dans les *Lionnes pauvres*... Non, mais cet intrigant, épris de
popularité, peu scrupuleux sur les moyens... enfin un effronté...
Décidément, au lieu de faire la pièce, il vaudra mieux que je l'aille
voir ! » que de fantaisies ainsi nées et mort-nées devant ces affiches !

Autre rassemblement par ici ! C'est l'étalage de Susse, les
photographies, les tableaux, les bronzes ! Plus loin, c'est Marti-
net, avec les plus belles gravures de nos maîtres, l'hémicycle de
P. de la Roche ; les Moissonneurs de Léopold Robert ; la Fran-

çoise de Rimini, de Calamatta; Gérôme, et le duel du pierrot,
Yvon, Doré, Hamon, l'art, la fantaisie, le goût. Ah! le goût; la
science sans pareille, l'universelle spécialité parisienne! le goût,
la pierre philosophale de nos industries, le catholicon de nos
arts, le grand et suprême mystère révélé, dévoilé, exposé, étalé
partout, dans toutes les boutiques, grandes et petites, aux regards
du monde entier qui admire, envie, copie, imite,... et qui n'a pas
le goût! Voyez-vous comme ce boulanger étale avec grâce ses
petits pains et vous donne envie de croquer dans ces flûtes
rondes et blondes! Le goût! Voyez-vous comme ce chemisier
dispose avec adresse la batiste et la toile, le foulard et la soie,
attirant l'œil sur la nouveauté, flattant les vieux caprices! Le
goût! Voilà un marchand de comestibles qui semble avoir étu-
dié, au sein de la belle nature et de la plus luxuriante végétation,
les effets de lumière et les gradations de nuances... ses truffes
vous envoient des baisers parfumés, ses homards vous tendent
la patte, ses perdreaux vous font de l'œil... le goût! toujours le
goût! Et quand le goût vous saisit ainsi par les yeux et par l'o-
dorat; quand il vous pénètre par tous les pores à la fois; quand
il vous attire, vous charme et vous fascine, quand il vous tient
par les sens, par les instincts, par les sentiments, par l'esprit,
par le cœur; quand il vous murmure de sa voix câline, quand il
vous chante de sa voix puissante : « Je suis le goût, je suis le
roi, facile et simple, aimable et charmant, toujours jeune, toujours souriant, toujours beau, j'ai soumis le monde, soumets
toi...; » quand le goût vous parle ainsi, que voulez vous lui répondre, sinon ce que répond Basile à ce tyran terrible, la calom-
nie: « Eh! qui, diantre, y résisterait! »

Et cela, remarquez-le bien, c'est ce qu'on trouve sans le chercher, le secret de la rue, la bagatelle de la porte, comme dit
Paillasse! Promenez-vous une petite heure seulement, de la place
de la Bourse au boulevard, arpentez ces cinquante mètres de
trottoir sans songer à rien,... de dix en dix pas, un homme
vous arrêtera pour vous remettre un petit carré de papier, un

avis, un prospectus, une enseigne ! « Grand choix de nouveau-
tés !.. Liquidation de la maison X" ! Grand rabais ! La vie à bon
marché ! La vie pour rien ! Baccalauréat ès-lettres ! — Demandez le cours de la Bourse ! Journal du soir, *la Patrie !* — Nouveau plan de Paris..., etc..,, etc.... » Quel livre à faire, les cris
de Paris ! Tout à l'heure, donc, c'était le goût : toujours et
partout, c'est la vie, la vie fiévreuse, ardente, emportée ; la vie
rompant toute digue et débordant de toutes parts, et dans son
cours impétueux, dans ses remous, dans ses tourbillons, en-
traînant les forts, submergeant les faibles ! Qui donc voudrait
dire les passions qui s'agitent, en quelques heures seulement,
sur cet imperceptible point du globe ? Qui pourrait compter les
passants ? Qui ferait l'histoire ou le roman des voitures qui se
sont croisées, sur cette place en moins de dix minutes, depuis
le lourd omnibus jusqu'au léger phaéton, depuis le vieux fiacre
jusqu'au coupé moderne ? Les voitures, encore une épopée ! Et
nous sommes toujours en pleine rue ; et pas une maison ne
s'est ouverte à notre curiosité

O Asmodée ! est-ce toi qui découvriras pour nous les toits de
la ville ? Est-ce toi qui nous conduiras dans ces mille réunions du
monde savant, du monde élégant ; dans ce monde de la noblesse,
de la littérature, des arts, de l'industrie, de l'argent ; dans les
salons du faubourg Saint-Germain et du faubourg Saint-Honoré ;
chez ces beaux esprits qui sont de sages politiques, et chez ces
politiques qui sont des beaux esprits ; chez Rossini qui touche
le piano chez Rossini, comme Lucullus dînait chez Lucullus ;
chez un prince qui joue la comédie comme l'écrit le plus spirituel
de nos poètes. Asmodée est mort ; mais, si vous y consentez, je
vous emmènerai passage Saulnier, au second étage du n° 25.
Une brave fille viendra nous ouvrir, au premier coup de son-
nette ; elle nous introduira dans un salon élégant avec simplicité. L'ameublement n'est pas magnifique, ce sont de bons fauteuils de soie et un canapé ; quelques tableaux anciens ; une
grande table longue en chêne, au milieu ; entre les croisées, une

logne et sa cascade ; les nouveaux dessins de ce jardin, qui fut
un bois, ont excité à Paris des transports d'enthousiasme. C'est
en effet propre, soigné, aligné, ratissé : il y a des allées pour les
voitures, des allées pour les cavaliers, des allées pour les piétons, il y a jusqu'à des bancs pour ces derniers, et, je crois bien
m'en souvenir, des plaques de gazon où il leur est défendu de
mettre le pied ; enfin, c'est charmant! J'oubliais des conserva-
teurs comme au musée du Louvre : seulement au lieu de garder
les paysages du Poussin, ces militaires rustiques gardent de
petits sapins noirs et rabougris avec de la verdurette au pied,
comme il en pousse chez les charcutiers. Le bois de Boulogne
ne peut que gagner, sans aucun doute, aux embellissements
agrestes de la capitale : il n'y a pas un square qui n'y fasse rêver, et les trois ou quatre arbres fourvoyés parmi les palais de
pierre donnent un certain ton nature et comme de la couleur
locale, si j'ose parler ainsi, aux fourrés et aux massifs que le
bois de Boulogne offre à ses admirateurs. Mais c'est encore là
Paris, ce ne sont pas les environs, et c'est des environs que je
veux parler.

Ah! Saint Cloud, Versailles! et Saint-Germain et les rives de
la Seine! ah! Châtenay et le Plessis-Piquet! Et la vallée d'Orsay,
Montlhéry, à gauche, Chevreuse au fond!... Là-bas, Enghien,
Montmorency! Tout à l'opposé, Clamart, le Val-Fleuri, Meudon!

Je ne sais plus si c'est Pline ou Sénèque (ils ne se ressemblent
pourtant guère), qui dit à propos d'un lac merveilleux, le lac
Vadimon : « Nous faisons de grands voyages, nous passons les
mers pour voir.... ce que nous dédaignons de regarder chez
nous! » En quoi, nous n'avons pas renié les Romains, nos aïeux,
à qui nous ressemblons en bien d'autres choses. Nos admirations
sont en raison directe des distances, et rien ne nous paraît
beau qu'à cinq cents kilomètres du lieu de notre résidence. Voilà
pourquoi les provinciaux aiment Paris; pourquoi Paris aime la
mer; pourquoi le nord aime le midi, et pourquoi les bacheliers
à venir n'aiment pas le grec.

Il y aura trente-et-un ans au prochain mois de Juillet que je vis Saint-Cloud pour la première fois : c'était quelques jours après la révolution de 1830, qui m'était bien indifférente alors et qui est si loin de nous aujourd'hui. J'avais quatre ans, et tous les soirs, avant de m'endormir, j'allais embrasser la mère de mon grand'père et la mère de ma grand'mère. Ma famille était un monde, le parc était un univers. Comme il était beau déjà! Quand je le revois maintenant, c'est toujours avec mes yeux d'autrefois et mon cœur d'enfant. La campagne s'est faite petite ville pour les autres, excepté pour moi; et ses grands arbres ne disent qu'à moi seul des secrets de trente années : la nature n'est pas comme cette infidèle Musette, qui revoit son Rodolphe après dix ans d'absence.

> Musette, qui n'était plus elle
> Disait que je n'étais plus moi.

La nature est toujours elle-même; mais nous? grave question.

Le Parisien quitte volontiers sa ville pour Versailles : c'est que Versailles, qui est près de Paris par la distance, en est très-loin par les souvenirs; la vieille Lutèce a toujours vingt ans, Versailles n'a pas moins de deux siècles : il y a des gens qui se flattent encore d'y rencontrer Louis XIV donnant le bras à Madame de Maintenon. Qu'on arrive au chef-lieu de Seine-et-Oise par la rive droite ou par la rive gauche, les environs sont ravissants, jusqu'à ce qu'on atteigne les avenues qui sont admirables Quelle que soit la voie qui vous mène au château, elle est grande, magnifique, royale, attendant toujours Sa Majesté Louis Quatorzième et comme attristée de l'attendre si longtemps. Il y a comme une solitude de respect dans ces avenues ombreuses : là, des voitures rares, mesquines et perdues, c'est le pavé; ici, des promeneurs qui ressemblent aux voitures, ce sont les contre-allées. Et parmi toutes ces tristesses des hommes et des choses, je ne sais quoi d'imposant comme la gloire et de vénérable comme le malheur : on conçoit que la révolution de 1789 ait passé là, on s'en souvient, au moins. Ce qui étonne surtout et ce qui émeut, c'est l'ensemble, l'harmonie qui règne à Versailles : c'est bien là le domaine de Louis XIV, ce sont bien les jardins de ce domaine ; les grandes renommées régulières de ce grand siècle ne pouvaient pas choisir un autre asile. Mettez un jardin anglais à la place de ces parterres immenses et de ce long tapis de gazon qui conduit à la pièce d'eau des Suisses ; découpez, brisez, croisez de petites allées au lieu de ces majestueuses lignes droites où l'œil s'égare dans un lointain horizon ; supprimez ces terrasses et ces escaliers vraiment royaux au profit d'allées tournantes, fleuries, qui descendront en pente douce vers la plaine, Versailles n'est plus ! Versailles est mort ! Et, je le déclare, la nature ne meurt pas seule, les hommes périssent de sa mort : Louis devient un Lovelace, La Vallière, une coquette ; Racine un versificateur à gages ; La Fontaine, un bohême ; Molière n'est plus le premier poète du monde !

Ce n'est pas le dimanche, ce n'est pas en été qu'il faut visiter Versailles, mais dans la semaine et quand l'automne jette sur la nature ses premières teintes rouges et jaunes. Les jours de foule sont insupportables, ou, ce qui est pis encore, ils sont bêtes. Ainsi quand je vois l'un de ces gros bourgeois, épanouis et rougeauds, accompagné de sa femme qui rit et de son enfant qui crie, se bander les yeux pour descendre en trébuchant le long du fameux parterre, j'ai toujours la secrète envie de le voir s'épâter lourdement sur le sable ou piquer une tête dans le bassin : car ce bourgeois, c'est un contre-sens dans Virgile, un accroc dans Raphaël, quelque chose d'impossible et de honteux, une tache à la lune, une balafre au visage de mademoiselle Juliette Beau. Mais quand le parc est désert, à l'heure du crépuscule, si, après avoir parcouru les galeries et vous être arrêté dans le salon des glaces, vous descendez seul et recueilli, lentement et à pas comptés, ces escaliers, ces terrasses ; si vous vous enfoncez dans l'une de ces profondes allées, solitaires et muettes ; si vous fouillez en même temps dans vos souvenirs ; si vous pouvez pour une heure redevenir le contemporain du grand siècle et de ses gloires, animer cette vieille et éternellement jeune nature, recréer de votre droit de poète ces types morts et toujours vivants; si vous pouvez reconstruire l'ancien Versailles en face de ce Versailles nouveau, libre des préoccupations de la veille et des inquiétudes du jour, hors de vous et tout entier au passé, oh! alors, écoutez de toutes vos oreilles, regardez de tous vos yeux, vivez de toute votre âme! Car Versailles vous livrera d'adorables secrets, Versailles vous racontera de merveilleuses histoires, Versailles refera pour vous l'épopée des plus nobles douleurs et de nos gloires immortelles.

Saint-Germain a un tout autre aspect et point de caractère; ou, pour mieux dire, plusieurs caractères et point d'ensemble. Une affreuse petite rotonde, servant d'embarcadère, s'avance jusque sur la grande place; et ses dépendances, (Shakspeare dirait : triste, triste! et Lhomond : *turpe dictu!*) ses plus vulgaires dépendances s'appuient aux murs du château, qu'elles salissent. Si Catherine de Médicis se mettait quelque jour à la fenêtre sans y penser, elle reculerait en rougissant, et je vois d'ici Charles IX, avec sa fameuse arquebuse, vengeant la pudeur offensée de sa mère. Ce n'est pas que le château offre par lui-même un grand intérêt : pentagone irrégulier, dans l'origine, et d'un aspect lugubre; entouré de fossés et flanqué de cinq lourds pavillons, le château de Saint-Germain n'a gardé de son ancienne splendeur qu'un seul pavillon, celui d'Henri IV. J'ignore jusqu'à quel point le bon roi est flatté des respectueuses attentions de la Révolution à son égard : toujours est-il que ce pavillon était hier encore un pénitencier militaire, qu'il n'est rien aujourd'hui, qu'il sera un musée demain, s'il plaît à Dieu et au ministre d'État. Mais laissons le château, et allons au bois.

La forêt ici manque, et là s'est agrandie!

Là elle s'est enjolivée, ce qui est bien pis. Vous n'y arrivez plus qu'en traversant des parterres sans grâce, et, un peu plus loin, une sorte de jardin anglais, de parc bâtard, séparé par

une grille de la vraie forêt. Ce n'est pas tout : Henri IV et Louis
XIV se sont avisés de construire sur la lisière une terrasse longue
de trois kilomètres ; les habitants trouvent cela beau et souhai-
teraient à Paris une terrasse semblable, comme les Marseillais,
une Cannebière : moi, je l'ai toujours trouvée bête, cette terrasse, ennuyeuse à voir, tirant l'œil et gênant la vue. Au lieu de
se prolonger en flanc, supposez qu'elle se projette sur le côteau,
vers la Seine, comme une jetée sur la mer ; le spectacle sera tout
changé, la vue merveilleuse. Vous n'aurez plus cette malheureuse ligne qui coupe si désagréablement l'horizon à gauche,
par un angle droit ; vous éviterez du même coup ce premier
plan fâcheux, un grand trou à vos pieds, un abîme, le vide ! ou,
du moins, vous ne le regarderez pas de cette jetée nouvelle,
comme vous le voyez fatalement de la terrasse ; pas plus qu'on ne
regarde la mer, au pied du môle.... ah ! si j'avais été Henri IV !

Les environs de Saint-Germain sont bien autrement beaux
ou charmants que Saint-Germain lui-même. Tous ces côteaux
verdoyants qui dominent la Seine, et, derrière les côteaux, les
grands bois ont un irrésistible attrait : c'est bien la montagne
du bon air, comme s'appelait autrefois la ville. Ici Marly-le-Roi,
où s'est promenée, égarée peut-être, madame de Pompadour ; là
Monte-Christo, rêve ébauché d'un poète, continué et réalisé par
un agent de change ; Lucelle, Saint-Cloud ; Luciennes, où Louis
XV signa la disgrâce de Choiseul pour un sourire de Jeanne
Vaubernier. Les souvenirs, qui se sont en quelque sorte incrustés
à Versailles, se sont effacés ici parmi ces joyeux côteaux et ces
bois luxuriants où le plaisir, et, surtout la mode, entraînent
chaque été les heureux de Paris, ces demi-heureux plutôt (car
la Fortune a ses dieux et ses demi-dieux, comme l'Olympe !)
ces demiheureux, dis-je, qui n'ont droit à la campagne que vers
le soir, trois heures après que la Bourse est fermée, quand
la nuit tombe et que la cuisine chauffe !

Si Enghien et Montmorency ont un tort à mes yeux, c'est de
ressembler à Marly et à Luciennes par leurs côté élégants et

somptueux. Alfred de Musset a fait un jour le procès à Bade :

Bade est un parc anglais bâti sur la montagne,
Ayant quelque rapport avec Montmorency.

Peut-être le reproche adressé à Bade pourrait-il servir d'éloge à Montmorency? mais, en dépit que j'en aie et malgré le charme souverain de ces campagnes, je ne puis leur pardonner leur apprêt et leur coquetterie : c'est la nature ravalée à l'art du décor. Le lac d'Enghien est au lac de Lucerne ce qu'est à un effet de lune sur la Iungfrau l'effet de la lumière électrique, au 3e acte du *Prophète*. Chose curieuse ! ce sont les chemins de fer de la rive droite, chemin du Havre ou du Nord, qui conduisent à ces campagnes factices : ceux de la rive gauche vous mènent où il y a encore des villages et des paysans. Comme si la Chaussée-d'Antin avait sa nature, et le Quartier-latin, la sienne !

Ce n'est pas qu'à Sceaux, à Fontenay-aux-Roses, il n'y ait encore beaucoup à dire : les décorateurs de l'Opéra-Comique y trouveraient aisément leur profit, et les guinguettes de Robinson étonnent autant, pour le moins, les vrais amis de la nature qu'elles auraient surpris agréablement, dans sa solitude, l'illustre naufragé. Mais poussez un peu plus avant ; et vous voilà dans les vallées délicieuses et discrètes, dans les collines fraiches et ondulées du Plessis Piquet ! La Suisse ! Interlaken, à vingt kilomètres de Paris ! à gauche, Verrière et Bièvre ; à droite, Clamart et Meudon ! Les bois charmants ! Les jolies promenades ! Et, comme ce sont là des bois, de vrais bois où les voitures n'entrent pas, où les chevaux ne sont pas admis ; où les allées sont encore irrégulières et les chemins livrés à eux-mêmes ou à peu près ; comme il y a là des sentiers perdus, des routes non frayées, encombrées de broussailles, coupées d'arbrisseaux jeunes et drus, avec des fondrières et des ornières ; des obstacles de toutes sortes, petits et grands, des branches qui vous crèvent les yeux, des racines qui vous tirent les pieds;... allez hardiment, vous qui aimez la promenade dans les bois, vous vous en donnerez à cœur joie, et vous pourrez marcher tout un jour sans rencontrer personne qu'un couple perdu qui fuira à votre approche, ou un naturaliste, qui ne vous entendra même pas. Les passions violentes n'ont pas les mêmes effets !

Combien à tout cela je préfère encore ma petite vallée de Palaiseau ! et la butte à Grillard qui envoie son ombre jusque dans ma chambrette ! De ce côté, les bois ; de celui-ci, la plaine avec sa jolie rivière de l'Yvette, ses peupliers et ses saules ; tout à gauche, la colline de Champlan, dont les échos ont pu répéter, ces jours passés, la chanson du *Postillon* : car Lonjumeau est aux pieds ; en face, la Roche, parsemée de maisons blanches, élégantes ou rustiques ; là-bas, la Madeleine, et tout au fond la petite ville d'Orsay, l'entrée de la vallée de Chevreuse. Vous ne connaissez pas Palaiseau ? Un affreux village, une seule rue qui s'allonge, entre deux rangées de maisons et de chaumières, comme un serpent dont la croupe est recourbée; rien qu'une rue, avec trois ou quatre ruelles à gauche et une place à droite; sur cette place, la poste aux lettres, l'école communale, l'église : ça ne ressemble à rien, c'est monstrueux, c'est informe, c'est grotesque, c'est affreux, c'est charmant ! Pour moi, du moins, qui puis y trouver ce que demande Horace. Ecoutez ce qu'il dit par la bouche de l'excellent M. Patin : « C'étaient, là, tous mes vœux : un bien de médiocre étendue, avec jardin, source d'eau vive près de la maison, et même un peu de bois. » Eh ! quoi, vous avez oublié le meilleur, Horace ! Et des amis ?

A cinquante pas de ma maison, à l'Est et au Midi, sur la grande place, près de l'Yvette, j'ai d'excellents amis, et, à la maison, une aïeule qui promène gaillardement son arrière-petit-fils, mon enfant !... Voilà, en vérité, du sentiment bien à propos. Ah ! lecteur-ami, si tu me le reproches, pense à ta mère, pense à tes fils.... et pardonne-moi ! J'ai, d'ailleurs, une autre excuse, toute prête et meilleure : J'ai fini !

(ÉPILOGUE.)

Le retour.

A mon ami Charles de La Sablière.

Te souvient-il, ami, de quelque mélodrame?...
Minuit sonne... et le traître, au dernier coup sonnant,
Pâle, apparaît devant la pauvre jeune femme
Qui demande sa grâce et meurt en pardonnant....

Eh bien, mon ami, le dernier coup de minuit dans le grand
drame que jouent d'année en année les maîtres et les élèves,
c'est le premier lundi d'Octobre, le jour de la rentrée ! Ce jour-
là, la profession s'appelle le métier et la classe s'appelle la corvée.
Le camp des chiens insulte le camp des ânes, et il s'échange, des
uns aux autres, à voix pas trop basse, d'abominables épithètes.
Ce jour-là, on ne se rappelle de tout Virgile que les présages de
la mort de César, et on les comprend.... Comme autrefois, « le
soleil a des teintes de rouille, les oiseaux de mauvais augure
battent l'air de leurs ailes, les bêtes parlent ! » on n'ose plus ouvrir
la bouche !

Cependant la semaine passe ; le maître qui doit être plus rai-
sonnable que l'élève, commence par le prêcher d'exemple et
finit par reprendre goût au travail : il s'est fait de la santé, reste
à faire sa vie ! Et puis le remords le prend d'avoir maudit même
une heure, rien qu'une heure, cette confiante et souriante jeunesse, ces pauvres petits qui se trouvent malheureux, eux aussi,
de sentir le collier de misère. Ils ne savent pas, les innocents !
que ce collier de misère n'est pour eux qu'une belle laisse d'or !...
Le plan est tracé, enfin ; on a réglé son travail et son temps,
mesuré à chaque jour sa besogne, et le regret de la veille est déjà
l'espérance du lendemain. L'esclavage, d'ailleurs, n'est pas si
lourd à porter, et les compagnons de chaîne sont là pour alléger

le fardeau. Ces compagnons, tu le sais, ce sont des amis dévoués et sûrs : si bien que le retour, qui avait de petits ennuis, a surtout de grandes joies.

Avons-nous assez causé, cher ami, durant ce premier mois ! T'ai-je assez fatigué de questions ? assez ennuyé de récits ? Combien de fois t'ai-je narré, au long et au large, ces aventures du voyage que je t'ai fait faire avec moi, tandis que de ton côté tu m'emmenais, toi aussi, dans les belles vallées des Vosges et sur les montagnes que tu aimes tant. Ce que nous avions vu et lu, nos souvenirs et nos impressions, nos espérances prochaines, nos projets lointains, nous nous sommes tout dit, et ces heures de bonne causerie ont dissipé les derniers restes d'ennui, chassé jusqu'à l'ombre des chagrins. Avoue aussi que c'est un bon moment pour causer que ce moment où l'on dîne, chez soi surtout, à cette petite table que nous dressons nous-mêmes, dans ces larges fauteuils, où l'on est si bien à l'aise, à côté de nos chers livres et de nos auteurs aimés ! L'autre jour, c'est Victor Hugo et Lamartine qui ont fait les frais du festin : je crois bien me souvenir que nous nous sommes offert le Lac pour entremets et pour dessert la tristesse d'Olympio.... Et puis, le café par là-dessus, sans bruit ni mouvement autour de nous, le tout assaisonné de propos frivoles, de sérieuses pensées, de franche gaîté, des saillies de notre esprit, des échappées de ta raison, des bouffées de notre cœur.

Mais c'est la campagne que tu préfères, et tu as raison : comme si la pensée s'élargissait avec l'horizon et que le cœur s'agrandît au sein de la nature, comme la poitrine s'y dilate !

C'est qu'en vérité la campagne, ici, est magnifique. A peine sortis du collége, dès que nous avons traversé l'Ill, le spectacle est déjà charmant : c'est à peine si l'on entend le bruit mourant des fabriques. A droite et à gauche seulement, la fumée monte ou plane, découpant le ciel en nuages gris ou noirs, épais ou légers comme le vent : tantôt c'est André Kœchlin qui lance ses bataillons de noires vapeurs sur Daniel, tantôt Daniel qui pousse ses armées contre la fonderie; les grands peupliers du chemin sont les ouvrages avancés et les bastions contre qui vont se briser ces pacifiques ennemis. Quelques pas encore, et nous serons dans la plaine! Ici un côteau charmant penche ses bois vers nous; là, une vallée s'enfonce à perte de vue entre les collines boisées de Didenheim : tout là-bas, à l'horizon, les Vosges et les hauteurs du Ballon! Mais le Ballon est trop loin, et le Hasenrein qui nous regarde trottinant à travers champs nous ramène trop tôt vers la ville que nous fuyons : une autre fois, nous irons y demander une royale hospitalité qui est toujours une hospitalité amicale et bienveillante.

Si tu t'en souviens comme moi, c'était une magnifique journée que celle de notre dernière promenade. Nous venions de tourner le chemin de Dornach, nous gagnions la rivière : le soleil penchait à l'horizon, et son disque immense, ruisselant de lumière, était à demi caché et coupé par la colline, non pas encore la colline, mais ce premier champ doucement incliné et comme boursouflé qu'on prendrait pour une vague échouée sur Dornach. A la cime, deux bœufs tiraient la charrue et se détachaient en noir sur le ciel empourpré ou plutôt poudré d'or : on eût dit un effet de lanterne magique, à la différence d'une mèche obscure avec le plus beau soleil couchant. A cinquante mètres au-delà, quand le chemin s'abaisse et tourne vers la ferme, le tableau avait changé : c'était encore l'astre radieux, nous dardant ses derniers rayons à travers le petit bouquet de sapins qui couronne le versant occidental de la colline. L'air était pur, l'atmosphère transparente; et toutes les nuances de la campagne et des bois, avec les premières teintes d'automne, formaient un spectacle à souhait. Tout autour de nous, la solitude et le silence; seulement quelques vaches abandonnées à la garde d'un enfant, dans la prairie; et dans les sillons, trottinant, frétillant, bruissant, apparaissant et disparaissant, un monde de petites souris grises qui semblaient étonnées, mais non effrayées, de notre audace. De temps à autre, le sifflet des locomotives et le grincement des roues trou-

blaient le silence des champs et nous ramenaient au souvenir
des hommes que nous oubliions si volontiers pour la nature et
Dieu.

Nous étions bien loin alors, toi de Bade et moi de Paris, je le
conçois. Pour nous souvenir, nous étions trop bien ensemble et
trop bien aussi en face d'un tableau enchanteur. Ni passé ni
avenir ne pouvaient valoir ce tranquille présent, que charmait
encore une vague et douce mélancolie; l'automne est bien la
saison des rêveries, comme nos causeries sont des épanchements
du cœur. De quoi nous parlâmes, je ne l'ai pas non plus oublié :
c'est Tacite qui ouvrit la marche, un philosophe allemand qui la
ferma ; les annales et l'avénement de Tibère, d'abord; la Revue
germanique ensuite et la *Métaphysique de l'amour*. Je me sou-
viendrais même de ce que nous avons pensé ; et, si tu m'en
pressais un peu, je te redirais nos secrets : mais ils n'intéressent
que toi et moi, et les autres pourraient bien se moquer de nous
et de nos sympathiques admirations. D'ailleurs, les sujets de
notre entretien cadraient admirablement avec ce paysage d'automne : il y a de singulières affinités entre la nature et nos
pensées; nous les recevons souvent du dehors, un ciel gris nous
les impose, un horizon brumeux les enferme, un coin d'azur
les emporte. La solitude, le soir qui venait, le froid qui nous
gagnait, n'était-ce pas au-delà des horizons de la grandeur ro-
maine, cet astre sombre qui s'élève et éclaire de rayons de sang
la décadence qui commence? Tibère, le secret Tibère qui note les
paroles, les regards, les gestes pour s'en souvenir à son heure;
ce Tibère, qu'Auguste a nommé son successeur pour cette seule
raison, dit l'historien, qu'il devait gagner à la comparaison ; ce
Tibère qui fait de grandes choses et mésuse si odieusement du
pouvoir et de la loi de Majesté ; ce Tibère, homme de mystère
et de nuit, ne devait il pas, une fois évoqué, absorber nos pensées
et nos souvenirs ? Qu'a-t-il donc fallu pour nous précipiter des
hauteurs de l'histoire dans les profondeurs ténébreuses des
utopies allemandes ? Peut-être un simple rayon de soleil, glissant

entre les collines? peut-être l'aspect égayant du côteau de Didenheim qui se mire dans la rivière? Peut-être rien, une cause in-
connue, que nous expliquera la philosophie par l'association des
idées?... mais ne disons pas de mal des philosophes! Il est convenu que ce sont des gens qui pensent, et nous sommes presque
en Allemagne avec l'auteur ingénieux de la *Métaphysique de
l'amour.*

Rentrons chez nous, en France, nous n'y perdrons rien, et
nous nous comprendrons. Aussi bien, nous avons atteint depuis
quelques moments le canal, et nous sommes arrivés aux travaux
du chemin de fer! Nous voilà en ville, fonctionnaires publics!.
C'est le tour de la politique; ce ne sera pas bien long, le temps de
donner une pensée à Venise, une larme à Varsovie, de régler le
sort du Mexique et des Etats-Unis, de tirer l'Italie d'embarras
et l'Allemagne d'inquiétude; et nous mettrons le pied en plein
Mulhouse! Là, nous penserons à cette patrie nouvelle où nous
avons déjà de vieux amis; nous penserons que, puisque Dieu avait
résolu de nous éloigner de notre famille et de notre ville natale,
il a été bon de nous envoyer dans cette cité féconde, mère du
travail et de l'industrie, où nous accueilleraient des amis, où
nous retrouverions ceque nous avions perdu; nous penserons
que l'homme y vaut ce que vaut son intelligence et sa probité,
non pas ses succès et sa fortune; qu'il y est pesé au poids de ses
œuvres et non de sa caisse; que nous y avons l'estime des meilleurs; que nous nous y sommes connus; que j'y ai gagné, que
j'y conserve ton amitié!

ANDRÉ LE FORGERON.

ANDRÉ LE FORGERON.

CONTE MULHOUSOIS.

André, c'est mon héros, est un très-beau garçon,
Fin ouvrier de plus, et fort comme l'enclume.
Le marteau dans sa main ne pèse qu'une plume
Et le fer avec lui n'aura jamais raison.
Je pourrais ajouter qu'il est bon compagnon
Et sur ses qualités écrire un gros volume.

—

Je ne le ferai pas par respect pour Boileau :
« Qui ne sut se borner ne sut jamais écrire ! »
Sans doute nous suivons un système nouveau
Et l'on parle aujourd'hui beaucoup pour ne rien dire.
Les plus petits romans sont des in-octavo ;
C'est assez de les voir : car c'est trop pour les lire.

—

Mon histoire est beaucoup plus simple, en vérité.
Je ne me plaindrai pas, ayant du savoir-vivre,
Que mon lecteur lui trouve une autre qualité.
Mon héros est modeste, et son exemple à suivre.
Nous nous recommandons tous deux à ta bonté,
Cher lecteur ! tel il est, et tel je te le livre.

—

I.

Nous sommes à Mulhouse ; et tu pourras choisir
Entre l'été, l'hiver, le printemps et l'automne.
Car pour parler de lui chaque saison est bonne ;
Puisque Novembre est là, nous avons tout loisir,
Tandis que les sapins s'obstinent à verdir,
De contempler les monts que la neige couronne.

—

Qu'importe à la cité l'une ou l'autre saison,
Pourvu qu'on y travaille ; et pourvu que sa peine
Assure à l'ouvrier le pain de la semaine.
C'est ce que pense André : n'a-t-il pas bien raison ?
Ce qui n'empêche pas que le brave garçon
N'ait par précaution sa bourse toujours pleine.

—

Il est très-économe, il est plus généreux.
Jamais il ne refuse et dit, c'est son idée,
Qu'on s'enrichit du bien qu'on fait aux malheureux.
C'est la dette au Seigneur, une dette acquittée
Qui fait l'âme légère à l'heure des adieux.
Et déjà bien des fois sa bourse s'est vidée !

—

Il n'en est pas plus triste et n'en est pas plus fier.
Aujourd'hui vaut demain et demain vaut hier :
« La santé, rien de plus, dit-il, c'est la richesse :
« Le reste est peu de chose et travail vaut noblesse. »
J'approuve le système, et, sans en avoir l'air,
André vaut à lui seul les sept sages de Grèce.

—

Vrai Dieu ! l'heureux garçon ! Le voyez-vous, le soir,
Reprendre le chemin de son petit manoir,
Le front haut, l'œil joyeux et la démarche fière ?
Visage épanoui, conscience légère.
On devine aisément son cœur, rien qu'à le voir,
Comme au son de la voix on devine une mère.

—

C'est qu'elle est bien jolie, en effet, sa maison.
La cité n'en a pas dont elle soit plus vaine.
Le maître en est très-fier et n'y plaint pas sa peine.
Vigne vierge courante et grimpant liseron
En font un nid charmant dans la belle saison.
C'est tout ce que voulait Horace pour domaine.

Si le dehors vous plaît, le dedans mieux encor.
Non qu'on y sente en rien le luxe ou la richesse ;
Mais le bonheur plutôt y reluit comme l'or.
Si ce n'est le secret de quelque enchanteresse,
C'est l'amour d'une mère ou bien d'une maîtresse
Qui protége ce seuil et garde ce trésor.

—

André n'a plus de mère et n'a pas de maîtresse.
Des méchants ont eu tort de railler sa pudeur
Et la simplicité de sa chaste jeunesse.
André, si bon qu'il soit, est sur le point d'honneur
Chatouilleux à l'excès ; et, si quelqu'un le blesse,
Celui-là pourrait bien regretter son erreur.

—

Qu'on ait tort ou raison ; qu'on dise ou qu'on médise,
Tout cela ne fait rien. Et d'où vient cependant
Que notre ami parfois au seul nom de Louise
Suspende sa chanson, s'arrête en rougissant,
Frappe d'un bras moins sûr le fer rebondissant ?...
L'imprudent ! sur son cœur il aura donné prise !

—

II.

André, dès le matin, a quitté la maison.
On l'a vu qui partait, chantant, pour la fabrique,
Plus fier que son patron dans sa calèche antique.
Voici bien son logis. Quelle mimi Pinson
Y charme ses ennuis par un peu de musique ?
Elle chante... on écoute : écoutons sa chanson :

> Il était une fillette,
> Une fillette aux doux yeux.
> Elle avait fait, la coquette,
> Conquête
> De deux ou trois amoureux.

L'un était riche et volage ;
L'autre, beau ; l'autre amoureux.
— « Ah ! fillette, c'est dommage,
         Je gage,
De n'en pouvoir prendre deux. »
— « Dommage, oh ! non, fit la belle ;
Mieux vaut choisir à son goût.
Moi, je n'en veux qu'un fidèle,
         Dit elle,
Et je n'en prends pas du tout. »

La voix était suave et si fraîche, si tendre,
Que rien que d'en parler je crois encor l'entendre.
Ainsi, quand la nuit tombe et fait les bois déserts,
Le chant du rossignol éclate dans les airs.
Ulysse le rusé s'y serait laissé prendre !
Mais les Sirènes... oui, c'étaient de beaux concerts !

Aimez-vous la chanson ? Combien celle qui chante
Est plus jolie encor que ses jolis refrains !
C'est une jeune fille à la taille élégante ;
Ses yeux sont bleus et doux ; de beaux cheveux châtains
Découpent son front pur d'une façon charmante ;
Une reine envîrait la blancheur de ses mains.

Et Louise, pourtant, n'est rien qu'une ouvrière.
Pauvre ? non, puisqu'elle a la richesse du cœur,
Cette franche gaîté, naïve, printanière,
Douce comme l'espoir, fraîche comme la fleur.
Louise est belle et bonne ; et, le soir, sa prière
Monte au ciel réjouir la Mère du Sauveur.

C'est trop dire, je crois, si la chère orpheline
(On lui donne ce nom dans toute la cité)
A déjà seize fois vu fleurir la colline
Et s'empourprer la vigne au chaud soleil d'été.
La grâce n'a point d'âge ; et la grâce illumine
Ce front pur et charmant comme la chasteté.

—

Et qui l'effleurerait seulement d'un sourire !
Quel méchant oserait par un doute moqueur
Insulter à ce front où la candeur respire ?
La pudeur du regard n'est que celle du cœur ;
Et l'on voit dans ses yeux son âme qui transpire
Comme on juge sa mère et comme on voit sa sœur.

—

Qu'elle doit être heureuse à chanter de la sorte !
Eh ! mon Dieu, que faut-il de plus que la gaîté ?
Qui dort, dîne ; et qui chante, est riche, en vérité.
Ainsi pensent les gens attroupés à sa porte,
Tandis que le travail de l'aiguille et du dé
Se mesure à l'entrain de son humeur accorte.

—

Mais vienne le dimanche ; et dans ses beaux atours
Qui voudra la verra, superbe et bien heureuse,
Au bras de son André qui la conduit toujours
Suivre au gré du hasard sa course aventureuse,
Mais l'office entendu. Car Louise est pieuse
Et la prière et Dieu sont ses premiers amours.

—

Ah ! les beaux jeunes gens et la charmante vie !
Et si fiers l'un de l'autre, et si bons tous les deux !
Ils portent le bonheur et la joie avec eux.
Je gage en bonne foi que nul ne les envie :
Tant ils ont bonne mine, et d'un pas valeureux
S'avancent fièrement sur leur route fleurie !

7

III.

Te souvient-il, lecteur, de ce livre charmant
Où nous avons mis tous une part de notre âme;
De cette page au moins écrite en traits de flamme,
Inquiètes ardeurs, souffrance, doux tourment,
Longs espoirs qu'engloutit la mer en un moment,
Quand l'amante de Paul sent qu'elle devient femme?

———

Triste et doux souvenir! qu'il a coulé de pleurs
Sur ta fin désolée, ô blonde Virginie!
Plus douloureuse encor fut ta longue agonie,
Pauvre Paul, cher ami, frère de nos douleurs.
Grâce à Dieu, ce n'est pas le sort de notre amie
Et je veux avant tout rassurer mes lecteurs.

———

Je le veux ; mais d'où vient alors que la tristesse
Est entrée au logis? que d'un pas inquiet
André, quand vient le soir, le pauvre André s'empresse?
Et si le chant s'arrête, et surtout, s'il se tait,
D'où vient que notre ami, surmontant sa faiblesse
S'élance en souriant, mais comme s'il pleurait?

———

L'accueil est doux toujours, un baiser, un sourire!
Mais qu'importe un baiser si le front est chagrin?
Si le regard n'est plus limpide ni serein?
Si le visage est pâle et si le cœur soupire?
J'en dirais bien plus long, si je devais tout dire.
Louise aime, en un mot, voilà le fait certain!

———

Mais qui donc aime-t-elle? Et de ton doux mystère
A qui livreras-tu le secret, Louison?
A qui le doux parfum de la fleur solitaire?

Hors un ami d'André que l'on appelle Pierre,
Personne n'a franchi le seuil de la maison,
Personne ! Et notre ami n'a pas même un soupçon.

—

Silence ! André revient ; et la mignonne amie
S'est, l'aiguille à la main, tout-à-l'heure endormie.
Elle rêve ! elle parle ! Elle prononce un nom...
« Oh ! j'ai mal entendu... Ce n'est pas cela, non...
Epargnez-nous, Seigneur ! Epargne-la, Marie ;
Mère des affligés, pitié, mère ! et pardon !

—

IV.

La petite maison hier était en fête.
L'orpheline comptait dix-sept ans révolus ;
Elle était tout heureuse ; et lui, peut-être, plus.
Aussi n'avait-il pas ménagé la toilette,
Et les bouquets de fleur parfumaient la chambrette,
Sans compter un festin digne de Lucullus.

—

Un invité, rien qu'un, Pierre le camarade,
Pierre, dit Brin-d'amour et le fin forgeron,
Pierre, un brave ouvrier et le plus gai luron,
Qu'on chante une chanson ou qu'on boive rasade :
Sans compter, s'il vous plait, que c'est un beau garçon,
Et qui n'en doit plus être à sa première œillade.

—

Est-il assez joli ! s'est-il assez paré
A voir son bel habit, son gilet et sa chaîne,
Et son feutre, tout neuf, à poil blanc et lustré,
Ses doigts écarquillés dans le gant qui les gêne,
On dirait d'un garçon d'honneur, tout préparé
A tenir son emploi dans la noce prochaine !

—

Dîner est chose simple, oui ; mais après dîner ?
A quoi tuer le temps toujours long après boire ?
Un convive à bailler décrochant sa mâchoire
Est le pire tableau qu'on puisse imaginer !
La conversation commençant à traîner :
« Si je vous racontais, dit André, mon histoire ! »

—

Et comme il le disait, sur les deux jeunes gens,
Il baissait un regard humide de tendresse.
Sa voix émue avait comme de la tristesse.
Et l'on sentait, si peu qu'on l'écoutât de temps,
Vibrer l'émotion sous ses mâles accents.
Ce qu'ayant dit, voici comme il tint sa promesse :

—

V.

Je commencerai tard, amis ; et la raison
Est qu'il en fut de moi comme de bien du monde.
Nous autres, pauvres gens, bien ou mal, à la ronde
Nous nous élevons tous de la même façon,
Promenant notre enfance errante et vagabonde
Du faubourg au côteau comme veut la saison.

—

Et j'avais cependant une bien brave mère.
Comme elle m'embrassait en revenant le soir !
Et moi, comme j'étais content de la revoir !
La misère est cruelle, hélas ! et l'ouvrière
Partait chaque matin pour gagner le pain noir
Qu'ont béni tant de fois ses pleurs et sa prière.

—

Car mon père était mort, il était mort pour nous.
Avant de m'endormir, tous les soirs, à genoux
Je priais, demandant à Dieu de nous le rendre.
Vainement. Car jamais Dieu n'a voulu m'entendre.

Quelle faute avait donc mérité son courroux ?
Je ne priais donc pas, moi, d'une âme assez tendre !

—

De mauvais compagnons nous avaient pris son cœur,
Ils nous l'avaient volé ! que le ciel leur pardonne !
La honte, les remords, un vieux reste d'honneur
Achevèrent bientôt cette âme faible et bonne,
Et pour pleurer celui que ne pleura personne
Ma mère put connaître encore la douleur.

—

Le jour où je la vis pleurer, la sainte mère,
Tant de douleur unie à tant de piété ;
L'amour plus fort encor que sa douleur amère,
Cette compassion ardente et si sincère,
Ce jour-là me fit homme ; et Dieu dans sa bonté
M'envoya le courage avec l'adversité.

—

J'en eus besoin bientôt. Dix mois passés à peine
La pauvre âme prenait son essor vers les cieux.
Libre, elle secouait sa douloureuse chaîne
Et votre ami pleurait en lui fermant les yeux.
L'Eternité s'ouvrait pour elle bien sereine :
Sa place était marquée entre les bienheureux.

—

Au moment de mourir... : « Ecoute, me dit-elle,
Nous allons nous quitter, cher André. Dieu m'appelle !
Le temps de t'embrasser, le temps de te bénir !
Et puis je m'en irai pour ne plus revenir.
Ne pleure pas, André ; la mort n'est pas cruelle,
Elle est douce plutôt, je cesse de souffrir.

—

Je serai, là, d'ailleurs, là toujours : une mère
Ne s'éloigne jamais de son fils, vois-tu bien?
Ils seront l'un à l'autre au ciel et sur la terre.
Lorsque de ton passé j'ai si bien fait le mien,
Comment dans l'avenir te serais-je étrangère?
Va, la mère qui part revient ange gardien....

—

Toi qui fus ici-bas mon ange, reprit-elle,
Ecoute, ô mon André, le secret d'un mourant;
Et souviens-toi toujours de l'heure solennelle
Où mon cœur s'ouvre au tien, tranquille et confiant.
C'est un devoir sacré que mon amour fidèle
Impose à ton amour plus ferme et plus vaillant.

—

Ton père (pense à lui le soir dans ta prière!)
Cessa de nous aimer, un jour, Dieu sait pourquoi.
Il quitta la maison, où j'étais, moi, si fière
De lui donner un fils grand et beau comme toi.
Son cœur depuis longtemps se retirait de moi
Et le fils partageait les mépris de la mère!

—

Toi, si beau! toi, si bon! ah! les vilaines gens
Qui fermèrent son cœur à ta voix si gentille!
Un jour il nous laissa pour une autre famille
Qui ne l'a pas pleuré, comme nous... Les méchants,
Ils ont osé chasser une petite fille,
Sa fille! ils l'ont livrée à de plus indigents!

—

Pauvre petite enfant, je la vis à l'église,
Toute seule, pleurant derrière le cercueil.
Je la pris par la main. Elle, à ce simple accueil :
« Madame, gardez-moi, je m'appelle Louise;
J'ai perdu mon papa, vous me mettrez en deuil,
Et je serai toujours bien sage et bien soumise. »

Et je la recueillis... et je lui fis sa part,
Me trouvant riche assez malgré notre indigence.
Combien peu fallait-il à ma frêle existence ?
Quand sur l'un de vous deux j'abaissais mon regard,
Un sourire, un baiser me donnait l'opulence...
Va, je ne songeais pas à l'heure du départ.

André, mon doux enfant, à cette heure suprème,
En te disant adieu, je te remets ta sœur.
Si je t'aimai jamais, aime-la bien de même !
Je fus douce envers toi ; fais-lui de ta douceur
En souvenir de moi litière à sa douleur...
Et maintenant, adieu ! je te bénis ! je t'aime ! » ...

Douze ans se sont passés depuis ce triste jour.
Et depuis ces douze ans, n'est-ce pas, ma Louise,
Ton frère a bien gardé la parole promise.
Tu m'as si bien payé toi-même de retour.
Si j'ai bon bras, vois-tu, courage et vaillantise,
Je te le dois, ma sœur... est-ce vrai, Brin-d'amour ?

Ne pleurez pas, enfants ! Pour toi, mon ami Pierre,
Tâche de m'essuyer bien vite ta paupière !
Est-ce qu'un jour de fète on doit pleurer, cordieu ?
Voyons, petite sœur, souris-moi donc un peu !
Ton sourire est si doux ! C'est celui de ma mère
Quand le soir nous avions ensemble prié Dieu.

Tenez ! si nous causions... voulez-vous... mariage ?
Ah ! ah ! Pierre rougit, c'est bon signe déjà.
Je me sens en humeur de faire un grand-papa
Et d'avoir des neveux qui feront du tapage !
Une petite nièce aimable, belle et sage
Comme toi, Louison... que dit-on de cela ?

. . . .

VI.

Voilà déjà deux ans que la noce s'est faite !
Et deux gentils lutins, une fille, un garçon,
De leurs joyeux ébats remplissent la maison.
Louise est toujours gaie, et son mari s'entête
A dire en l'embrassant tous les soirs que c'est fête !…
André berce la fille et dit qu'il a raison.

Mulhouse, imp. P. Baret et fils.

www.ingramcontent.com/pod-product-compliance
Lightning Source LLC
Chambersburg PA
CBHW051930280626
47162CB00025B/2275